香港三部曲　增訂版

陳冠中

香港三部曲

增訂版

OXFORD
UNIVERSITY PRESS

OXFORD
UNIVERSITY PRESS

Oxford University Press is a department of the University of Oxford. It furthers the University's objective of excellence in research, scholarship, and education by publishing worldwide. Oxford is a registered trade mark of Oxford University Press in the UK and in certain other countries

Published in Hong Kong by
Oxford University Press (China) Limited
39th Floor, One Kowloon, 1 Wang Yuen Street, Kowloon Bay,
Hong Kong

This Edition published in 2013

香港三部曲
增訂版

陳冠中

ISBN: 978-0-19-399918-3
7 9 10 8 6

目錄

陳冠中《香港三部曲》導讀

黃子平

香港的故事，為什麼這麼難說？

如今說到香港，都愛一上來，先引一句也斯的大哉問：「香港的故事，為什麼這麼難說？」是啊，「香港的故事為什麼這麼難說？」

也斯本人的解釋，是因為香港的故事講來講去，都會講成上海的故事、倫敦的故事、布拉格的故事，總之，別人的故事，她者的故事。反過來，你講別的城市的故事，講着講着不知不覺又會講成香港的故事。在這樣的兜圈子鬼打牆中，也斯說，到頭來，我們唯一可以肯定的，是那些不同的故事，不一定告訴我們關於香港的事，而是告訴了我們那個說故事的人，告訴了我們他站在什麼位置說話。也斯的意思是，有太多的宏大的聲音，代替我們把故事說了去，弄得我們反而沒什麼好說了。你當然明白，這個「我們」，也是一種「位置」。

陳冠中的說法有點不同，根據他在上海、香港、臺北三城市生活多年的體會，他說，臺北常被「誤讀」，上海正在膨脹，香港的故事反而比較好說。因為香港常被「抽讀」，香港是個隱喻。香港被「隱喻」掉了，隱喻就是去蕪雜，略細節，濾噪音，失記憶。就像中環的都市風景線，所謂地標，鮮明簡約，隱喻能講成一個動聽的故事，口口相傳。於是連香港人都一起跟着大夥兒，口齒伶俐地，去說一個你我心目中的香港故事。何況，這個故事也已經講完，現在只剩下了重複和重複。你當然明白，陳冠中他說的是反話。

正話呢，正話是這麼說的：香港的故事之所以難講，是因為對這一代人來說，香港根本就「什麼也沒有發生」，——城市無故事。這裏的要害正是「這一代人」。戰後五十年，相對於海峽兩岸的金戈鐵馬，鬥爭清算、飢荒、浩劫或戒嚴和白色恐怖，真叫做平安無事，沒災沒難。這種日子，屬於童話裏靜止式的結局：「從此過着快樂和幸福的生活」，通常不加細述；或古典説部裏的「一夜無話」，驚堂木一拍，表過不提。若依俄羅斯偉大的小説傳統，智慧須從「受難」中昇華，香港五十年，「什麼也沒有發生」，會有「香港的智慧」嗎？很難吧。恐怕也不會有「英雄」，不會有「崇高」，——這些「故事」裏必不可缺的元素，在香港一律闕如。

話説到這種地步，你會問，那為什麼陳冠中還寫小説，還把它叫作《香港三部曲》（儘管是出版社老編所賜）？這就見出小説家的智慧和野心了，偏偏要來講一個「什麼也沒有發生」的，沒有故事的故事。以「沒有故事」為香港的故事，這難免也是一個「隱喻」，以偏概全，有所失憶，但陳冠中相信，在這一代的事裏，正正存有着「空的智慧」。

一個沙灘就只是一個沙灘

三部曲包括兩個短篇和一個中篇，寫作時間橫跨二十五年。第一個故事寫於一九七八年，取了個頗為「新文藝腔」的標題：《太陽膏的夢》（現改為《淺水灣》）。擱在二十年後第二部曲裏的主角張得志嘴裏，會說這標題有點「酸的饅頭」（sentimental）。「太陽膏」如今都老老實實的喚作「防曬油」，一點詩意都沒有。當年太陽膏風靡香港，非勞苦大眾而又古銅色，就成了時尚，代表活潑、健康、戶外活動和閒暇。太陽膏有很多種，於是你擁有了愛曬成什麼顏色就曬成什麼顏色的自由。敍述者宋家聰此時卻煞風景地，加插一大段有關皮膚癌的科研資訊。這反諷的筆調令你意識到這故事未必那麼「酸的饅頭」。沙灘的名字是淺水灣，原就與新文藝腔有不解之緣（張愛玲的《傾城之戀》、依達的言情小說）。如今卻同時擁擠着「貴族的無能和平民的愚蠢」，以及，一些「無用的資訊」：「我知道淺水灣有六個浮台、三個瞭望台、一百四十個垃圾桶；我知道共有二十八名救生員，假日更增至三十八名；熟客們說，今年的海灘較以往骯髒；管理員說，今年的泳客較往年多了百分之八十，端午節一天內就有十萬人。」當然，還有泳裝品牌，沙灘便裝，汽車型號，遊艇故障排除法等等。還有陳冠中最拿手的，人群的社會學分類：大隻佬，同性戀，比堅尼女性。

傳奇褪色，資訊登場。卡夫卡筆下那位賴在床上無所事事的主角，經歷了嬉皮、樂與怒、禪、大麻、瑜珈、冥想等等六十年代的洗禮，如今來到了沙灘上。同樣有兩套邏輯可以選擇：成就趨向或快樂趨向，商品規律或人文規律，為將來耕耘或為現在而生活。二世祖宋家聰義無反顧，選擇了後者。選擇後者意味着死亡，小說家以麻省幹線上的車毀人亡安排了這位敘述者的結局。其實也不必如此激烈，另一位敘述者有點突兀地出現，展示了從嬉皮向優皮轉化的可能性，與正在經濟起飛的香港現實「妥協」。跟着前反戰份子如今的大公司部門經理，放工後一同去酒吧度快樂時光，當然也會去沙灘曬太陽。所以，「一個沙灘就只是一個沙灘」，沒有那麼多的「酸的饅頭」。同義反復的句子，空洞無物，在結尾處又出現了一次。

保留乾淨離場的自由

第二部曲的故事寫於一九九九年，背景安排在一九八四年夏天至一九九八年「香港回歸中國一週年那天」。這一頭一尾的時間對香港來說都是非同小可的歷史標記，正與《什麼都沒有發生》的標題構成對照。敘述者張得志何許人也？一個「專業經理人」，這類人包括投資基金的經紀，銀行管信貸的，做股票承包的，投資銀行家，會計師，律師，建築師，財務分析師，各種專業經理。書中有一大段以複數第一人稱「我們」而作的自我界定，振振有詞，端的是擲地有聲：

我們懂英文，會寫字，懂得看資產負債表，可以在電腦上寫營運計劃，理解什麼是內部回報率。我們看合約時會去看細文。

商人、生意人，古已有之。我們這樣的人，才真是現代的產物。古代讀書人，包括紹興師爺，都是為朝廷服務，是官本位，而我們是寄生在資本裏，是商本位，但本身不是商人，是幫商人忙的人。

我們都是第二把手。

香港盛產我們這樣的人，構成香港的比較優勢，它的繁榮安定。

我們喜歡按遊戲規則做事，但隨時可以破例。

我們用理性去幫公司達成目標：賺錢、佔有市場、建立品牌、合併收購、上市，不管是用什麼手段。

我們不會被一些非理性的感情、喜惡、價值、對錯好壞所牽制。

我們都是國際資本在香港的僱傭兵。

陳冠中以這樣一個敘述者去講述香港故事，無疑抓住了我們時代的要害。經紀人作為一種「消失的中介」，見證了全球化資本最肆無忌憚的越界行為，偉大的進軍。在這進軍中，香港才成為了香港。小說中最吸引讀者的，或許是張得志與大陸女子沈英傑那藕斷絲連的「香港的情與愛」；但在我讀來，最怵目驚心而又津津有味的，難道不正是這批「國際資本的僱傭兵」在非洲、印度、中國大陸、台灣、泰國乃至加拿大的橫衝直撞麼？香港的故事，不正是由這些在她者的大地上展開的「項目」構成的麼？張得志的「導師」，資深經紀，英國人托圖，享樂主義者和機會主義者，其「智慧語錄」凝聚了資本的邏輯與哲學：「專業：絕對不能沒有遊戲規則」、「忘掉那些規則，否則你哪裏都去不了」「永遠不要愛上自己的項目」。如果說有什麼「空的智慧」的話，正須於托圖語錄中翻尋。

古羅馬著名統帥凱撒西元前四七年率部在小亞細亞吉拉城一舉擊潰帕爾納凱斯的軍隊。整個戰役只用了五天時間。凱撒寫信給羅馬元老院報捷時只用了三個音節簡練、音響鏗鏘的拉丁詞：Veni, vidi, vici。翻譯成中文，就是：我來了，我看見了，我征服了；或譯作：來到，見到，得到。類似的句式出現在張得志「自我界定」告白的末段：

> 我們進場，我們把事情辦好，我們離場回家。至於離場後，出現什麼爛攤、後遺症、原始森林反撲，就不關我們事了。

與老凱撒志得意滿的簡練鏗鏘不同，正是這最後一段的後半句中，出現了反諷的音調：爛攤子，後遺症，原始森林反撲，衣着光鮮乾淨離場者終究難以逃避的最不乾淨之處，——對人類，對地球，對未來留下的斑污點。後現代道德也還是道德。你讀到，鐵石心腸如張得志者，也會在黑非洲周圍的狀況太悲慘時，「感到很不安」。你甚至讀到，老練精刮如托圖者，也無法在「有什麼發生」的時刻無動於衷，在那一九八九年的夏天，也會痛斥在芭里度假無所事事的張得志為「白癡」，責問他「你可曾有過任何激情？」」

因此，張得志與大陸女子沈英潔的情愛故事，就不是為了「包裝」僱傭兵歷險記，藉風月寫風雲，而是體現同一套經紀邏輯，如何滲透到「男女」這一馬克思所說的「最自然」的領域中去。兩條線索的緊密交織不是由於情節的因果連結，而是由於資本邏輯的全面、普遍和徹底。弔詭之處正在於，情愛故事中，人們不能像經紀人這種「消失的仲介」那樣全「身」而退。在這「最自然的」男女關係中，你只能是「第一把手」。藉着舞女桑雅的一口唾沫，張得志驀然發現，「小魔怪」沈張的存在擾亂了他「乾淨離場的自由」。道德、倫理、責任，這些現代人心安理得地不屑一顧的幽靈，再一次於「什麼也沒有發生」的時空中逡巡徘徊。

如果茶餐廳都死，香港真係玩完

第三部曲《金都茶餐廳》寫於二〇〇三年。這個「失憶的城市」，已經不太記得那一年發生過兩件大事。一是「非典型肺炎」疫症蔓延，死亡人數居全球疫區之首。一是七一的五十萬人大遊行，導致「國安條例」的延遲與相關官員的下臺。不太記得的原因不是因為「危機」已成了轉機，而是如馬克思所說，對資本主義來說，社會危機正是社會常態（「一切堅固的東西都已經煙消雲散了」）。陳冠中取「茶餐廳」作為香港危機的「底線」，以跳脫俐落的粵方言俚語，將「金都茶餐廳救亡運動」卡通化，正是以小喻大，以特殊喻普遍，慧眼獨具。

這茶餐廳不中不西，亦中亦西，多年的「半唐番」修成了正果，雜種渾成了正宗，發揚又光大，生產再生產，成為本土飲食話語的空間代表。小說不厭其煩羅列茶餐廳菜單：「燒味系列、粥粉麵系列、碟頭飯系列、煲仔飯系列、煲湯系列、炒菜系列、沙薑雞系列、腸粉系列、潮州打冷系列、公仔麵系列、糖水系列、越南湯粉系列、日式拉麵系列、星馬印椰汁咖哩系列、意粉通粉系列」；「俄羅斯系列——牛肉絲飯、雞皇飯、羅宋湯」；「西餐系列——炸雞髀、焗豬排飯、葡國雞飯、忌廉湯、水果沙律」；「西點系列——菠蘿油蛋撻法蘭西多腸蛋薯條漢堡熱狗三文治奶茶咖啡鴛鴦」；更有「廚師誠意推薦新菜系列——泰式豬頸肉、美利堅童子雞、秘製金銀蛋鹹魚比薩」！如此順應全球化飲食潮流，又如此緊貼民生日用水準，茶餐廳若做不成生意，勢無天理。

茶餐廳裏的熟客，各色人等，陳冠中放棄拿手的人群社會學分類法，畫龍點睛，改用「水滸」式「渾號」命名法，計有搞搞震運動老祖白頭莫，專業食腦賣橋的秦老爺，草根烹飪奇才紋身黃毛、拉客路霸靚女露比、油尖旺區民間武裝力量成員大華，加上敍述者雜種「鹹蝦燦」，真個是香港公共空間民間社會薈萃之地。

來到三部曲的結尾，彷彿與第一部曲宋家聰的兩難選擇相對應，「鹹蝦燦」也要在「Do唔Do」之間作抉擇。這抉擇卻是草根的而非精英的，更不是義無反顧車毀人亡式的，而是莫名其妙，喊出一連串香港人耳熟能詳的陳詞濫調：「見步行步，摸着石頭過河，死馬當活馬醫，盲拳打死老師傅，天無絕人之路，船到橋頭自然直，男兒當自強，姊姊妹妹站起來，獅子山下，英雄本色，最佳拍檔，半斤八兩，東風不敗，風繼續吹，未可真係會鹹魚翻生？」這些熟語互相增益互相干擾互相抹平，真個是空洞無物，形同夢囈。話又說回來，說不定不知所云的嗡嗡之聲裏，正暗蘊草根半唐番的生機與活力？

《香港三部曲》的簡短互動練習

- 設想自己在度假村滯留多時，父母威脅說不再匯款給你。早上賴床不想起來，寫下你在床上的所思所想。
- 二、想想「太陽膏」蛻變為「防曬油」、「古銅色」轉變為「美白」時尚的緣由，構思重新將「古銅色」在香港時髦起來的方案。
- 在海灘上觀察你周圍的人群，按照其「生活態度」將他們大致分為四類。你是其中的哪一類人，或你會和哪一類人交朋友。
- 找一位出生於五十年代的人（大陸、台灣、香港、海外均可）聊天，聽他/她講講「這一代的事」。收集他們的口頭禪或「智慧語錄」。
- 想像與男朋友或女朋友乾淨利落地分手的十二種方法。

- 說出當「第二把手」的五種好處和五種壞處。
- 想像死後你不希望別人在你的保險櫃裏發現哪些東西，為什麼。
- 觀察茶餐廳的裝修與佈置，列出它跟麥當勞的七種不同之處。
- 因為出生率下降，你所在的小學將被「殺校」，與小同學一起徵集簽名「護校」。設計傳單、橫額和綁在額頭的布條。
- 隨便走進一家食店，抄下他們所有的菜單，如果是中英對照的，更好。想像可以跟這菜單相配的音樂，寫下歌名。
- 延長「鹹蝦燦」的熟語系列，譬如：「我會做好呢份工，你有壓力我都有壓力，有得揀先至係老闆，死而後已未解決，樂樂和盈盈……」，越長越好。用它來表達一種重大的決定。

好了，一夜無話，表過不提。

二〇〇七年四月三十日

陳冠中寫小說

也斯

作為文化人的陳冠中

陳冠中這個名字，你在不同地方遇上，但陳冠中在做什麼，未必可以一句話説清楚。最先為人知的是一九七六年與友人創辦香港文化雜誌《號外》，配合熟悉影壇新舊事的鄧小宇、充滿創意又有不少點子的胡君毅，後來再加上博覽群書的丘世文，創造出一種頑皮又世故、勢利又天真的號外文體。陳冠中以他七〇年代在波士頓讀新聞學時接觸到流行的新新聞體的影響，先以簡潔文筆、細查資料、耐心問答，寫出個人風格的採訪專題：如贊育醫院輸錯血、美沙酮戒毒、珍寶舫大火、恐怖的幼稚園、和諧式飛機等港式新新聞報道範例。

七〇年代是本土文化成形的日子，陳冠中也試描繪了「把青春獻給了大會堂的一代」，雜誌同人抗抵「純粹中文」，亦創造出《號外》的半唐番文體。七〇年代是電視發展的黃金期，《號外》適逢其會，寫出了不少影視評論，報道了佳視由誕生到死亡，也側寫了當時由電視起家而闖出新浪潮事業的新一代影人。又由於編《號外》，八〇年代初香港電影起飛前夕也被找去編寫劇本，然後再走向電影製作，與人合編或自編了電影《烈火青春》、《等待黎明》、《花街時代》、《上海之夜》等；他更監製了《不是冤家不聚頭》、《喝一碗茶》、《命賤》等多部港產片和美國片。九〇年代初大陸市場相對開放，他進大陸搞文化媒體事業，老闆的投資大起大落，他卻借勢廣交文化界人士，發展傳媒事業，更把有名的《讀書》雜誌發行海外繁體字版；九四年赴台灣，參與創辦了台灣的「超級電視台」，享受台灣的文化生活，寫其〈台北嬉譜〉。二〇〇〇年後住在北京，主要從事大陸各種媒體的投資合作經營，近期寫波希米亞北京、寫上海香港台北三城的流動盛宴，以一貫對潮流的敏感、文字的簡潔到位，嘗試為今日的文化定位。作為一個優游於中港台之間的文化人，陳冠中本身也成了一個特殊的文化現象。通俗的報刊文化版也對他賣賬，官方辦的文化研討會也偶然會找他去發言。

陳冠中過去出版過文集《馬克思主義和文學批評》、《太陽膏的夢》，近年把過去寫的隨筆整理為《半唐番城市筆記》和《香港未完成的實驗》，最近更把寫北京上海等新文輯成《波希米亞中國》(合寫)一書。過去編過電影劇本，改編《傾城之戀》為舞台劇，在台灣辦電視時因應需要寫過影視小說《總統的故事》，但主要用力不在創作上　近期卻似乎對寫作小說特感興趣，樂此不疲，有意重新開發小說這媒體的可能性。

作為小說作者的陳冠中

《三部曲》的三篇敍事，寫於作者三個不同階段。〈太陽膏的夢〉寫於七〇年代，是從外國回港，創辦《號外》的階段，寫來也帶着早期《號外》的輕鬆筆法。小說的主角宋家驄，也是從波士頓回到香港，不願意認同成功的姊姊和兄長，寧願無所事事終日伏在沙灘上，浮沉綠波之間。

〈太陽膏的夢〉或可讀作香港早年(不徹底)的「波希米亞宣言」雛形。但小說裏的宋家驄也不能完全說是波希米亞，他確是抗拒商品規律、家族邏輯、成就趨向，又說自己追求當下的快樂。他知道很多東西，這些東西卻沒有實際用途。有趣的是，宋家驄在文中談到太陽膏、皮膚色調、名模、皮膚癌、汽車牌子、泳裝牌子、沙灘便裝、遊艇故障如何處理。這些東西可以說是無用，但另一方面，卻又正是《號外》逐漸變成潮流雜誌後把這些東西變成「無用之用」，成為潮流的賣點，成為生存的竅門。陳氏文章既可作為小說讀，亦未嘗不可以作為號外生活指南供善男信女追隨。陳氏的小說野心顯示在最末一段，以另一種書寫聲音疏離了對宋的認同，強調了他的虛構性，以宋的死訊為他造就一個新的典型：聰明尤儒而無法適應社會的他者。「如果他活着來到香港，他亦會因為看不到社會任何的整體出路而轉向享樂主義」。陳氏敏感的社會觀察，令他的散文超越了生活指南而有了小說的可能。

《什麼都沒有發生》背景是一九八四至一九九八年的香港，通過某位大財團第二把手張得志在台灣遇襲，瀕死時想起自己留下七百多瓶紅酒，以及鑲鑽黃金錶外，猶有一樁未了的心事，不能令他像以往那樣一次又一次乾乾淨淨離場。全書以第一人稱敍事，寫張得志回首前塵往事，看自己如何逐漸成長為香港製造的現代專業人士，幫不同背景的老闆打天下，永遠是第二把手，理性處理問題，不管正邪生意，總進場把事情辦好，全身而退。他這樣的一個香港人，也曾經歷貧窮的童年，並不完全唾棄物質。

既無國家福利可以依靠，也不信他人的慈悲，所以養成一切自己解決的態度。不會感情用事，也不作道德反思。

張得志的辦事手法也同樣用在感情上。他最喜歡的女子英潔，因為他怕承擔糾纏，也是用同樣精密安排的方法去解決了她的生活以後，就離她而去了。

小說用第一身敍事，所以表面看來作者並不是用批判的態度去寫這個人物，作者的背景令他對這人物的生活和交往圈子非常熟悉，用一種親切冷靜而實事求是的態度寫來，很容易令批判性的論者覺得政治不正確、意識有問題。有趣的卻正在作者爽快文明略見自得的自敍中往往也包含了自嘲，有時甚至安排在敍事裏流露出敍事者不覺的反諷。說做第二把手不必負責任，卻原來又往往是仇家暗殺的對象。敍事者一向總能安排乾手淨腳離場，但最後的結局並不能這樣盡如人意。小說還安排了英潔這個剛好跟他相反的「了不起的」女人：「願意冒險，勇於承擔，沒有離場計劃就放棄別人替她安排的安定，一個人過獨立生活，撐一頭家帶大了小魔怪。現在終於順景。」說來未嘗沒有一點頌揚的味道。

作者還安排了另一個人物：老練精明的英國人托圖，他也是個專業人士，卻選擇提早退出江湖隱居沓里，邀張得志短住，在他排滿書的書房裏，張只會選擇《大班》來翻。最後托圖斥他為「白癡」，要到張得志回到香港，才發覺中國發生了天安門事件，而他對連日來的報紙頭條，卻懵然無動於衷。

張得志在小說中自然對這未有立即反省。倒是另一場，在廣州的迪士高中，萍水相逢的女郎把他誤認為哥頓哥，帶來晴天霹靂的震撼。對於一直強調自己衣食住行有好品味，彷如後期《號外》忠實讀者的張得志來說，沒有什麼比錯認為「在情人節那天用十二盒同款心型禮盒巧格力去騙十二個大陸和曼谷女朋友」那樣沒型沒款的猥瑣人物，是更大的反諷了！

張得志辦事得力，前前後後每個老細送了他六隻鑲鑽黃金錶，依張得志的口味，當然不會戴在腕上，但也卻之不恭，實事求是地放在保險箱裏。臨死前他的一個遺憾正是：若有人打開保險箱看到：將是對他一生品味蓋棺定論的誤解。

一個人的一生，正是他選擇所做的事的總和。某方面來說也是他擁有的東西的總和。〈太陽膏〉裏的物品名目，在此有了更小說化的轉化，實在活動在小說的脈絡裏，正反帶出了反諷的意義。

〈金都茶餐廳〉寫於二〇〇三年，是經歷了九七回歸，身處建華之治的嬉笑怒罵之作。這一次陳冠中設計他的敍事者是一個「鬼佬」、一個「鹹蝦燦」：老爸是肥白英國鬼，阿媽是瘦矮廣東人，他畢業後教過英文補習夜校，做過記者、私家偵探、賣人壽保險、賣樓經紀、汽車經紀，沒一樣做得好。

因為加汽車油稅，低價車受牽連。生活拮据的「鬼佬」只好去泡金都茶餐廳，認識一群烏合之眾：收銀的何秀雯、搞搞震運動老祖白頭莫、專業食腦賣橋的秦老爺、草根烹飪奇才紋身黃毛、靚女露比、失業財經經理梁錦松等。由於老闆阿杜申請破產，全部歸銀行沒收，封鋪在即。烏合之眾乃聚合起來，發起救亡運動。

金都餐廳又名Can Do，座落在陳冠中熟悉又寫慣的尖沙嘴區，彷如一個香港縮影，但小說有趣的地方是它既不是義無反顧的愛港宣言，也不是視前途如世界末日的悲劇遺書。「如果茶餐廳都死，香港好快玩完！」小說結束於陳冠中的個人主義小市民踱出店門，左思右想：應該追隨個人私慾，跑上上海追女友？還是入股金都，摸着石頭過河，絕處求生？到底Do唔Do先？小說的通俗俚語、寫來左右逢源，充滿自嘲的距離與幽默，減低了這類香港寓言題材的高竇與傷感。

文化與小說之間

陳冠中從有志新聞寫作開始，創辦雜誌，品評文化現象，發展了號外的「百厭」文體，也曾一度投入電影事業，近年往來海峽三地之間，從事不同工作——跟〈金都〉的主角相反，都能事業有成。偶然發而為文，談到各地文化現象，由於有新聞觸角，亦沒有什麼背後目的，都頗為識者欣賞。在舞文弄墨、享受生活、自我修為之餘，為什麼又想執筆寫小說呢？

我不直接知道答案，我只能猜想，大概因為小說創作，的確有某種吸引人的東西吧。近年香港評事論政的文章很多，但若以大話去對抗大話，以沒有幽默感的文字去對抗沒有幽默感的政策，則恐怕仍是以暴易暴，仍然囿於固有的框框中，不見有新想法新思維。寫小說是創意思維，既是從對實況人情的觀察而來，亦是把人放在具體的處境中、面對曖昧的道德倫理處境去思考人的可能與限制。小說的寫作比較是不功利的，不是為了說服老闆或政府的申請書建議書，也不是地攤上訴苦水的陳情表。小說需要一定的對人情的了解，要超過講道理而有藝術性才好看。小說由於它的本質，也更可以容納龐雜人生的五光十色，是入世的藝術。

我覺得陳冠中的小說很好看，可以補目前評論之缺乏文采，也可補文藝腔小說的蒼白。陳冠中的三部曲，成功的時候避免了過去種種香港三部曲的裝腔作勢。不用過去偉大小說寫香港常用的一對一象徵(如用妓女象徵香港）或煽情的寓言(如因恐懼九七而把一家人宰殺掉）！他只是以傳統的言情故事，老練的人情世故去寫某一角香港的深層心理、集體無意識。比起文藝腔的小說，至少說起故事來，人情比較貼當，對商業的運作，亦有多一點實際的體驗，整篇寫來也不忘閱讀與文字的樂趣。陳也寫評論，但我們不必照陳的理論去讀小說。他的小說不完全是camp，不完全是kitsch。是不同時空之下的思考與現實的調整。陳的評論雖好，一概括總有遺憾。小說卻總是個別的故事，無意成為範例亦有可思可感之處。

陳冠中以他的精明才智，投入這種報償極少的勞動，參與付出與收益不成比例的寫小說行業，令人鼓舞。若果到今天為止，批評家還沒有提過這些作品，那也不重要，可能是我們的評選家和編輯太潔癖了，他們也同樣沒選游靜或林超榮九七前後的諷喻小說入集，儘管這些小說其實都可以令香港小說整體的涵蓋面更豐富，風格更多姿采。

鄧小宇最近在一篇文章裏說到最好邀請香港星光熠熠女星們，出任新一屆政權的班子，讀來令人莞爾。香港好像很久沒看到這些有創意的文字了。其實不僅是有權者言詞空洞，反對者也言詞空洞，在日常生活中大家被迫老面對種種沒有腦袋的空言。香港人空有悲情而無創意，令人擔心。陳冠中這一代，曾有不少聰明才智之士，過去在推動電影事業、開發傳播類型、思考公眾問題、報道另類生活價值，都有不少作為。為什麼現時政治和傳媒權勢的空間都不能容納民間原有的智慧？現在如何能凝聚這些人才呢？怎樣可以更好幫助電影事業？怎樣可以辦更有腦筋的雜誌？怎樣可以教新一代傳媒工作者寫更好的採訪文章？實在需要更多人才和智慧。我不知道陳冠中是不是「鬼佬」，他去不去上海追求何秀雯是他的私事，我才不要管，但若從大局着想，當然也希望他入股金都，留下來「Do 一 Do」。

二〇〇四年六月

前篇

夜宴驚歲記

小周無聊的坐着，一隻手肘隨便的擱在簇新的紅枱布上，不停抓瓜子吃。那是主人家的枱子，但像小周這樣熟的朋友在筵席開始前挨着坐坐是沒有人會說閒話的。主人枱之外，其他多張鋪着白枱布和放好十二份杯碗餐具的圓枱面都疊床架屋似的在一角矗疊着，暫把空間讓給麻將枱和搓麻將、看麻將的賓客。到上菜辰光，酒樓伙計就會兩人一張的托起圓枱面，拐來拐去如障礙賽般穿過坐向不一的賓客群落，把圓枱面一一放在已清空的麻將方枱上。

「吃香煙？」

「真的勿會吃，勿耐事。」

老朱掉轉頭向後面的太太們說：「小周先生真好，香煙老酒全勿會吃，老實人。老周先生阿拉認得，華豐紗廠做會計辰光已經認得了，一道在甬江狀元樓吃過飯。跟小周先生交關像，樣樣勿來。」老朱說的是事實，小周沒有接話。老朱是老資格迎賓，走來走去，完全不為他近二百磅的體重影響，朋友間有喜慶，這份迎賓差事少不了他。

小周並不喜歡人家説他老實人，但是朋友圈都愛這樣説，那就老實吧。今天他的確是不太想別人注意他。初次染頭髮，不曉得別人看不看得出。小周四十出頭，臉孔嫩嫩的，但白頭髮不少。還是老朱保養得好，雖然血壓高點，可是滿頭烏黑。小周的白頭大概是遺傳的，老周先生也是這樣一頭。怎麼樣説也好，小周總覺得給人家知道自己染頭髮不好意思。他仍是巧練的吃瓜子，旁邊的太太們正在談論她們的兒女，小周不感興趣。他並不是有什麼主義思想，但事實是他來了香港冒廿年，還沒討着老婆。他並不是不曉得有家室的好處，他的朋友大多結了婚，也不見得苦到哪裏去。今天請客的陳俊甫就是好例子。陳家雙喜臨門，陳老太太七十大壽，健得不得了，陳大公子偉仁美國歸來，學業有成。陳老太太嘛是陳夫人的姊妹淘一致公認最開通的婆婆，平常吃飯睡覺，再不是就搓幾圈麻將，什麼都不管，所以現在仍然和陳俊甫他們一道住。那位少爺説起來更海威了。他在香港大學畢業後，在麻省讀了個博士學位，是真材實料的航空工程師，叔伯輩當然只有稱讚。陳家三代同堂，個個爭氣，正如陳俊甫新買的一幅名家字畫：「積善之家必有餘蔭」。

小周吃了一口茶，吃起瓜子來他不能停口。陳偉仁在圓枱面的另一端，好像今天的宴會不關他的事，靜靜的一個人坐着。小周跟他點了頭。小周剛來香港的時候曾替在念小學的陳偉仁補習了一段時期，自己的學生就算做了博士到底還是自己的學生。

另一邊陳太太在門口中樂隊前嚷起來，兩手舞來舞去抖得手腕上幾串金鐲子響朗朗的：「來啦來啦，我的好妹妹喲，為啥嘎慢啦，現在才來，急煞我啦。」陳太太的妹子嫁了姓王的珠寶商，生活寫意極了，看她新燙的頭髮，亮閃閃大得要命的蝶形心口別針貼貼的別在顯得略緊的棗紅色絲棉旗袍上，神氣活現的走進來：「阿姊，恭喜恭喜！噯喲莫講了，就是小王部車子被人家碰了後面，氣煞我啦，還好人沒事情。阿平阿中叫人了勿？」她兩個兒子朗聲說：「恭喜大大阿姨！恭喜大姨丈！恭喜外婆福如東海壽比南山！」也真是後生可畏，才十五六歲卻差不多六呎高了，而且兩個都神采飛揚，像足他們媽媽。小周順便價撥一下散滿半枱的黑瓜子殼，只覺得印象中自己七個兄弟個子最高的是老六，也不過五呎八九吋。對啦，就是他上個月在新疆結婚。兄弟之中，除了最小的老七年紀還沒有到國家的結婚年齡，就剩下自己這個做老大的還未娶。不過他們都沒出來，沒來香港，我來了香港……

「小周，啥辰光請阿拉吃喜酒呀？」陳太太妹子雖嫁了人老脾氣不改，專捉狹人。小周略帶尷尬說：「阿妹，儂來啦？勿要開我玩笑。」

「好好好，對勿起，亂講閒話，等一息罰我吃酒。」她笑着，轉身像微醺的活魚一樣，游到別的人堆裏去了，捉也捉不牢。

想起來都怪小周自己，當年不是跟她蠻要好的嗎？兩個人常出去看電影，有時候一道拉胡琴唱京戲，嘻嘻哈哈的蠻合得來。可是人家大姑娘，你不緊人家緊呀！那姓王的小開開部開蓬跑車，來了幾次就什麼都變了。都說小周是老實人。

「永年阿哥，食支煙？」陳偉仁不知道什麼時候走了過來，遞上萬寶路。小周說不要，陳偉仁就自己點了一根。

「返唔返美國？定係係香港返工？」小周用帶口音的廣東話問。陳偉仁聳聳肩說：「好難講，美國又唔做得，又唔想係香港做。」

「你地博士都唔得？」

陳偉仁搖頭，跟着用寧波上海話說：「永年阿哥儂老早讀大學讀啥科？」

「啊阿拉上海聖約翰大學文學院。」這是小周最得意的成就。現在他那一輩的香港朋友，沒有大學生，他們可能家當比小周多，但他們大多是學生意出身的，沒讀過幾年書。其實小周自己只念了兩年大學。

「不過還沒畢業就到香港來了。」小周補充說，他一向不想別人誤會。

「是勿是剛好共產黨來了？」陳偉仁問。

「是額。嘎辰光蠻亂額……」

「每日天有學潮？」

「常常有。嘎辰光年紀輕人，容易受人……」

「儂有參加勿？」陳偉仁突然有興趣似的。

「參加？」小周問。

「參加學潮！」

小周好像沒有準備似的説：「我勿！」又好像怕陳偉仁失望的輕輕補上一句：「不過我有認得朋友參加了。」

「左傾大學生！」

小周勉強點點頭：「左傾大學生！」

「嘎辰光儂左傾勿？」

「嘎辰光可以講交關大學生都有一點點……」

「那儂為啥來香港？」

「還當是短期；嘎辰光我爹爹要我嘎樣子；碰上儂阿爸要從上海到香港來，我就一道跟來了⋯⋯」

「那儂為什麼勿回去？」

「回去？噢⋯⋯現在回勿去啦。」

「為啥回勿去？」

陳太太在「壽」字招牌燈前招手喊陳偉仁：「偉仁過來，跟何家外婆一道拍張照片。」

「永年阿哥，下趟有辰光再聊。」陳偉仁作個無可奈何相走掉。

小周心想你這個陳偉仁博士真不太討人喜歡，今天你阿娘做壽，跟我談上海幹嗎？你又沒去過上海！學潮、左傾大學生，你這個香港仔懂什麼？留美博士就可以咄咄逼人？我現在很好，你不要來搗亂。我爹爹叫我跟你阿爸到香港去，我現在在你阿爸店裏面做會計打一份工，老老實實，總比留在上海的弟弟好，總比下放到新疆好。陳俊甫走來我家對爹爹說：「共產黨要來了，我要跑了，儂大兒子永年跟勿跟我跑？」我心想：「爹爹，我勿要去香港。」記得她說：「哥哥，儂去了一定要回來啊！」我說：「我勿會去交關辰光，范麗。」我對范麗說：「儂答應我勿要去參加遊行，我去香港交關快就回來。」爹爹跟我說：「永年儂跟陳叔叔到香港去，這裏是五百塊美金。」香港？……是呀，小周，我要結婚了，小王還想叫儂做男儐相……爹爹，我勿要去香港……新疆的冬天真長，請寄棉毛衫棉毛褲來……永年儂跟陳叔叔去香港……新疆的冬天真長……我說：「我勿會去交關辰光，范麗。」她說：「哥哥，儂去了一定要回來啊！」我說：「儂答應我勿要去參加遊行！」……阿平阿中，叫人了勿？叫周叔叔……一九四九年X月X日，包括女同學在內的多名同學給法西斯秘密警察抓走，生死未卜……哥哥，儂去了一定要回來啊！我去香港交關快就回來，儂答應我勿要去參加遊行，范麗……

「來啦，睇住個頭！」只見酒樓伙計一副煙屎牙喊着喊着，黃麻臉隨着整張白色圓枱面就在小周頭頂上橫移過，白枱布的垂腳還狠狠的刮到小周的臉。小周嗳喲的叫了一聲，嗅到一股濃烈新洗出來的舊枱布味道。煙屎牙說：「擘大雙眼，老友，醒目啲！」

原載一九七四年四月十四日《學苑》（香港大學學生會出版的學生報）

二〇一三年五月修定

第一部曲

淺水灣

他們都去了沙灘

淺水灣就像一個世俗化了的已婚婦人，失去了一份貴婦的尊嚴及氣派，換來了更多的容忍及爽朗。現在的淺水灣是最民主的地方，管你是闊少奶奶還是放長假的女工，管你是坐平治還是六號A巴士而來，同樣的海水以同樣的溫度擁抱你。人人皆平等，不過如果你肯用功保持等邊三角形的身段及古銅的膚色，就比較佔優勢。

一個沙灘就只是一個沙灘。

以前依達小說裏，淺水灣的晚風及背景裏的古堡可以使階級懸殊的少男少女一見鍾情。張愛玲的《傾城之戀》裏，一對成年男女也要在灣畔椰林間傾談才發現對方的性感本質。記得小學的社會課本，有一課「淺——水——灣」嗎？淺水灣，這個與我們一起長大的名字，現在已不是以情調吸引我們，而是以更實惠的、更多樣化的平民玩意拉攏我們。你除了可以在沙灘漫步外（如果不介意周圍喧鬧的人群的話），還可以BBQ、曬太陽、吃漢堡包、賭牌、聽收音機、拜神。你還可以游水。淺水灣的傳奇性漸漸褪色，它已經愈來愈真實；每年有二百五十萬人踐踏的地方，總談不上神秘吧。淺水灣酒店——在一個以五時花六時變為特色的城市，已算是奇蹟——以前出賣的是它底艷光逼人的糜爛，現在則是出賣沒落王孫的靡爛。那醜陋的天后壇巍立在灣的一角，更提醒我們貴族的無能及平民的愚蠢。這一切，我都表示歡迎。淺水灣現在是一個實實在在的海灘，有着各式各樣的消費設備，群眾的湧至，更不斷證實它的路線正確。淺水灣是我們夏日現實生活的一部份，而我們只希望開開心心玩幾個鐘頭。

一個沙灘就只是一個沙灘。

我以去沙灘為藉口，終日無所事事。有什麼比游泳更健康？每年香港去沙灘的人次達二千萬，總不能說是怪癖吧。

九個月前，波士頓等待着寒流的宰割，我駕着車子去邁亞米。一出了麻省幹線，我就知道自己做對了：近幾年來，在高速公路上飛馳，差不多已是唯一可以引起我興趣的事情；一有機會，我便駕車出走，離開城市。我的車子，已是我生命中最親密的一部份；我了解我的七三年紅色火鳥，就如我了解自己的身體。我想，我一生再無其他願望了，把車子駛上高速公路是我最高的滿足。讓我永遠不離開車子吧！為揸車而揸車，沒有真正的目的地。再見，成功人士的世界。

但回到香港後，駕車給我的樂趣突然失去。偶然，我駕着家裏的平治450SL，心想，天殺的，這不是我心目中的揸車。我希望的是單獨一個人、默默無聲、不惹人注目。我揸車是為了表現自己的無能，不是為了表現自己的社會地位、高尚口味、男子氣概。同時，最重要的是，我知道在香港，我不能夠整天揸車。我戒了汽車。

我開始去沙灘。我發覺由機器回歸自然並不困難，保持無所事事就很困難。我是蓄意逃避工作的。我是甘心去符合社會的定見：我願意做「樹大有枯枝」的枯枝。我願意扮演敗家仔、二世祖這些無傷大雅的社會歹角。如果你生長在一個事事成功的家族，有兩個成功的兄長及三個同樣成功的姊姊，你大概可以有權不學他們。不過我還未能全面地與他們所代表的東西背道而馳。暫時，我只能證明我不及家族其他成員能幹、頭腦不如他們敏鋭、態度不似他們踏實。更不用說，我的幹勁分是負數。暫時，我只能證明我的不同。

家族其他人開始覺得我有點古怪，有些更自作聰明，開始說：家驄是知識份子。去你的知識份子！我不明白為什麼一個人唸了幾年書然後決定不好好做事就會被人稱為知識份子，把知識份子也說成為職業的一種。我只是想成為一個愚蠢、無能、庸碌的正常人，沒有深謀遠慮，現在就是快樂。我不急於由A趕到去B，我停滯不前以便好好欣賞路上的風光。我現在只希望沒有人會妨礙我伏在沙灘上，不做任何事。

崇拜太陽的部落

正如車輛不能完全取代步行，輪渡的方便未能使我們忘記游泳的樂趣。難得的是這項人類最古老的技能仍然保持最現代化的形象。我發覺許多不懂游泳的人也在沙灘曬太陽，為的是給人一個與游泳有關的形象。因為游泳就等於外向、好動、活潑這些現代青年的形象。平常我們說「去游水」，其實大部份時間是在岸上。所以，不同揸車，游泳可以消磨整天的時間。

兩個月來，躺在沙灘曬太陽的同時，我知道了很多東西，只不過這些東西是沒有「實際」用途的，既不能累積，亦不能帶來物質報酬。對一般人來說，這些東西沒有意思，知道了等於不知道；這些東西根本不是「東西」。我正是要求自己這樣子：只去知道一些有用的東西。我知道淺水灣有六個浮台、三個瞭望台、一百四十個垃圾桶；我知道共有二十八名救生員，假日更增至三十八名；熟客們說，今年的海灘較往年骯髒；管理員說，今年的泳客較往年多了百分之八十，端午節一天內就有十萬人。我發覺，最多人的時間是中午。

我發覺一個人皮膚的色調是可以不斷改變的，黑完了可以更黑。許多時候我以為自己的膚色已不能再深了，但幾天耐性下來，量變到質變，整個人的色澤又加深了一級。現在的淺水灣頭，到處瀰漫着太陽膏的氣味，太陽膏狂熱是我回港後印象最深的事情之一。記憶所及，名模特兒 Doris Hardoon是香港最早以古銅膚色示人的非勞苦大眾。她打破掘路工人對陽光膚色的壟斷，簡直是從上而下的革命。陽光是免費的——可見流行的東西都有一個共同點，就是：大量供應。只希望你不要在的士夠格花光了錢，留下一些買太陽膏。市面太陽膏大致可分兩種，一是用來防止曬黑皮膚，二是用來幫助曬黑皮膚。後者的吸引力較大：正如很多人去旅行都要拍照留念證明他曾去旅行，曬太陽的人也希望膚色有轉變以證明他曾曬太陽。我現在用的是椰子香味的生番太陽油，曬後膚色近非洲小黑人，給人一種骯髒的感覺，頗合我的胃口，但很明顯不是人見人愛。古銅、牛奶朱古力、黑朱古力、黑炭屎——每個人要自己決定自己夏天的色澤。我看似一塊黑炭屎，而實際上我亦感覺到自己好像一塊黑炭屎。

曬太陽的秘訣是：你愈黑就愈可以曬多些時間。太陽在每天早上十時至下午二時，距離地面最近，但皮膚對陽光的吸收力，是由皮膚色素的多少決定，皮膚受到太陽曬之後，除了產生維他命D外，還在表皮「結黑」，以後陽光對皮膚細胞的破壞力也相應減弱。黑人對陽光的抵抗能力比白人強三十三倍，東方人介乎兩者之間。澳洲有個學者叫安德遜，發覺皮膚長期受紫外光照射，可能導致皮膚癌。有人用動物作試驗，以強烈紫外光連續照它一千六百八十小時至二千二百四十小時，發覺真的會引起皮膚癌。但我們理會才怪。引起癌症的毒源，carcinogen，多得難以計算，所有的警告只能當作談話資料來處理。現在，我還在找尋中國人，不，我自己皮膚顏色的極限。

寂寞長泳者

今天是星期二，淺水灣對時間是敏感的，星期二的早上，弄潮兒的人數未足以吵醒她。我浮在水中已有兩小時了罷？太陽已由七時的淺黃色變了鐵白色，我仰臥的臉有點辣麻麻的感覺。海水也開始暖了，垂放在浮床側的雙手是我的探熱針。我有點口渴。真是荒謬，四周都是水，卻在鬧口渴。兩個鐘頭內腦中的一片空白，受到了本能渴望的打擾，逼使我清醒過來。我的大腦已罷工兩小時，海天與我為一，我宋家驄不再存在。

Gestalten。道的境界。可惜現在，渾忘的經驗幻滅了，兩個鐘頭內腦中的一片空白，受到了本能渴望的打擾，逼使我清醒過來。我想回到岸上喝點水，明知四周是水但不能喝是痛苦的。但是我應否努力游回岸上喝水呢？這樣處心積慮去做一件事是違背了我兩個月來無為而無不為的信念。我在水平線轉過頭望向沙灘，弧形的陸地模糊得近乎美麗。我繼續打不定主意。我應該尋求美，還是追求形而下的滿足？我決定留在水中，但不夠一秒鐘後，我已開始游向岸。

二十年前，一個寂寞的小孩子也是在淺水灣游水。當時他不知道人比水輕的道理，人吸入空氣後，與水的比重是0.967–0.989：1，但他還是拚命在游。那時候，他已知道別人做得到的事，他也可以做到。他要向自己證明，他樣樣都會是最好的。當他終於自信地雙腳離開水底時，他感到自己的人性潛質跨進了一步。游泳使他成長。在水裏，一個人，他暗裏相信他就是自己的主宰。沒有事物可以攔得住他。後來，他又學曉了騎單車、駕駛汽車汽艇、潛水及滑雪。他還學曉了許多許多東西，足以支撐兩個高等學位及無數獎牌。但學曉游泳一剎那的興奮已經不再來了。現在，他浮在水中已有兩小時了，有點口渴。現在，他希望忘記所有學來的東西，可能除了游泳。

我如何走到這個地步，成為崇拜太陽的白癡，我也不記得了。我只記得，游泳使我做到我想做的事情，就是，不做任何事情。

大隻佬與汽艇保養的藝術

保持男子氣概的確愈來愈難。以前三十歲不結婚，人家說你是花花公子，現在以為你是同性戀。以前做大隻佬，人家說你想吸引異性，現在以為你性無能。其實男子氣概作為一種理想形象是可笑的（有什麼道理要人人去學那四方臉的查理士布朗臣？），作為一種實際形象則是不可能的

(你不能保證永遠的勃起)。我不是同性戀、大隻佬或性無能,但我已過了三十歲;然而我並沒有任何中年危機,因為我能夠將那男子氣概的包袱放在它應去的地方:垃圾桶。我從來沒有比現在更覺得像一個人。

我在淺水灣認識了一群大隻佬及一群同性戀者,他們為着不同的原因都來沙灘曬太陽;身體建築師們為了健美,陽光縱隊為了漂亮。我認為他們都有追隨自己生活方式的權利;我認為淺水灣的容忍精神應該發揚光大。

女人則是我更喜歡相處的一種動物。我得承認,淺水灣不是美女的集結地。但若果你能體諒異性亦是普通人,那麼你會有一個更好的時光。我觀察所得,在沙灘認識異性並不難,但你不要採用傳統的追求方式;你要若無其事、自然大方、閒話家常開始,不要太多奢望,不要把對方當作性對象(更不能把自己當作性象徵)。在這個性就容易愛就難的年代,你必須培養平等對待異性的態度。

男裝泳褲的潮流逐漸與女裝比堅尼接近。今年的新潮人物都已換上

Speedo的薄身三角泳褲，這種奧林匹克泳將的牌子能夠流行，不全是因為男人喜歡暴露，而是男人對潮流比前更敏感了。身材欠佳的男女都穿上暴露服裝，不會是因為他們希望自暴其醜，而是他們被潮流逼得透不過氣來的一種表示。潮流的規律比人的自制更有力。

我不介意男人暴露，因為我亦不介意女人暴露。如果她竟有漂亮的身材，那則更是額外收穫了。不過，我得承認，淺水灣不是美女的集結地。你在遊艇上發現她們的機會可能更大。遊艇河是我唯一不懂得拒絕的場合，尤其是當那是一隻美麗而驕傲的遊艇的話。可能我們真的不應該為自己的階級抱歉，尤其是當你是屬於擁有遊艇那個階級。如果你不是親歷其境，你是不能想像得到一天內去三四個海灘的樂趣。同時，你是不能想像得到，海灣中心的水是如何比海灘邊的水清晰。

貼士：汽艇發生故障，先看看隔濾器是否須要清理，及油喉是否受物體阻塞。

今年流行的輕便熱帶服裝（夏威夷恤、露肩衫及碎花裙），把日間的海灘熱潮帶進晚間，一套便裝，早晚合用。Vidal Sassoon 有一種髮型，游完水毋須人工吹乾就可以見人。現代 epicurean 日間去海灘游水，晚間在海灘開其熱帶派對，精力是你唯一大量需要的東西。年青人的世界。

我承認自己有點落伍。我的心智大約一九七四年後滯留不前。我底意識形態的組合成份是：嬉皮、樂與怒、禪、馬古沙、大麻、瑜珈、冥想……當大家從反叛的一代變為 me-generation，我發生認同危機。當我的同班同學穿起布祿士兄弟的西裝，到華爾街上班去，我只躲在公寓裏，喝着罐頭啤酒，然後蒙頭大睡，希望時間過得快些，快些返轉頭。回到香港後，我知道如果我表現得較為有朝氣，家族一定逼我去觀塘當製衣廠經理，或去旺角當酒樓董事。你明白嗎，那時候我就會被捲入他們的那套邏輯中，不能自拔。你明白嗎，我必須在兩套邏輯系統中選擇一種；在成就趨向與快樂趨向、在商品規律與人文規律、在為將來而耕耘與為現在而生活之間，我要後者。我看穿了，家族那套的邏輯的背後假設了多少人性的犧牲。我不能學家族其他人，每星期去一次教堂念幾回經，捐些錢，就可以把良心換回來。他們的做法未能符合我對升鍊救贖的定義。在他們那套邏輯橫行霸道的時候，我宋家驄不會去工作。我不想人格分裂。

以上，就是我的亡友宋家驄了。九個月前，在麻省幹線上，宋家驄汽車撞大樹逝世。我知道他是故意的。他那種人，能夠將每一種邏輯推到極端來暴露該種邏輯的弱點；他能夠將我們以為是與生俱來的東西還原為可以改變的歷史產物。如果他活着來到香港（正如他在信中對我說），他亦會因為看不到社會任何的整體出路而轉向享樂主義，正如我文中形容的宋家驄。他是一個先要用道理說服自己然後才能作出行動的人，所以才會選擇一個完全非理性的下場。他有太多的智慧，逼使他看穿了各種騙人承諾及虛偽的社會關係，但他只有太少的勇氣，使他不能面對現實。他選擇了死亡。

至於我，我的選擇很簡單：妥協。現在我是一個表現優良的銀行行政人員。這間華資銀行自從給外資收購後，中國人老闆已沒有發言權，外國的管理層為了訓練自己的幹部，大量提升我這類擁有現代科學管理頭腦的新人來代替舊員。我的外籍部門經理，學生時代是反戰份子，我們有時放工後一起去酒吧度快樂時光，亦會東拉西扯 Eldridge Cleaver 及 Tom Hayden的近況。我想，我很快又會升職了。

至於去沙灘，我只是為了開開心心的玩幾個鐘頭。一個沙灘就只是一個沙灘。

一九七八年八月

第二部曲

什麼都沒有發生

香港回歸中國一週年那天，我午後起床，確定一下自己身在台北，開始了應該沒有什麼發生的一天：沒有要做的事，沒有想做的事，沒有約會，沒有壓力，沒有對自己或他人的承諾。心情，說不上好壞，沒有事情可以影響我的心情，在我悉心安排下，什麼都不會發生在我身上，就算發生什麼，我也不在乎。到了這個境界，我承認是我的一項成就，幾乎用了一生才換回來的自由。晚飯後，我發覺自己被送往醫院，說不定有生命危險。本來，這樣的時刻正好證明我一生的安排是對的，無牽無掛，人不欠我，我不欠人，最合適隨時死亡。可是，白天的時候，我想到一個主意，頗自鳴得意，只需要回香港一次花兩天時間就辦好。可是，現在沒來得及安排就出狀況，那主意卻在我腦中，不肯消失。加上倒在地上的時候，突然想起兩件瑣事（我的七百瓶紅酒和六隻鑲鑽黃金錶），我發覺我的人生安排不如自己想像中乾淨，說不上是遺憾，甚至算不上是未了願，只是，本來可以乾乾淨淨的死亡，為了一個不錯的主意，和兩件未處理的瑣事，令意識尚未完全消失的腦海沒有辦法安靜。

我有過兩次接近死亡經驗。第一次其實不會死，但當時年紀小，在沒有旁人指導下，我以為我會死。第二次在非洲奈及利亞，是真的會死，那子彈是衝着我的頭而來，還是故意射不中，我永遠不會知道。事情發生太快，死原來可以很突然，也可以很突然知道自己活着，要的是一線之差。兩次的經驗，並沒有讓我學會死亡，我完全被不錯主意和兩件瑣事控制，它們在我快消失的意識中轉來轉去，像一群盯上了我的蒼蠅，繞着我耳朵打圈。

就算像我這樣一個在香港長大、並不算特殊的香港人，也總有些事情，不是三言兩語能說得清楚。好像那個不錯主意和兩件瑣事，要交待得稍有紋路，就得回到十幾年前，甚至更早。若要完全說清楚，那根本不可能。若要找一個時間上的切入點，我會選一九八四年，即中英簽署聯合聲明的一年。那聲明跟我沒有什麼關係，只不過一般人習慣用一些事件來標誌日期。和我有關的是一包黃糖，沖咖啡用的那種。

我同父異母的妹妹寶怡喝的是即沖咖啡，放的是三顆太古白方糖。我記得是八四年夏天，從我身上穿的亞曼尼上裝，應知道我不可能是一個行船的，不過在寶怡小時候，我告訴她我是水手，而我也確實在太古船上待過三年，所以，寶怡一直以為我之所以經常不在香港，是行船去了。那天我回到家（寶怡和我叫那地方做宿舍），我左手綁了繃帶，滲出乾血跡，看上去聯想到操勞工作如絞鐵鍊之類，一種水手受的傷。我開門進宿舍，寶怡正準備出門，是往啟德機場坐飛機。她在旅行社做導遊，經常帶團外出。她問我從什麼地方回來，我說西非，她點頭說收到我的明信片，現在趕時間馬上要走，這回去埃及。我說，去吧，我自己攪掂。她就走了，連我的手傷都沒有過問，一點不囉嗦，硬梆梆，像男孩一樣俐落、乏味。寶怡是香港女孩子的某種典型，我記得自己想過。

我走進自己的房間，把我的古奇手提過夜袋放在床腳，再把同牌子的西裝皮套袋小心的擱在手提袋上。光是兩件名貴行李，已跟陳舊簡陋的房間不配襯。我為什麼還要回到這裏，我應該住進五星酒店去。

寶怡和我從小並不親密，她在我生命中不重要，而我對她的影響，也只有一種可能：我行船的初期，偶然學別人樣，買了一張明信片，不知道寄給誰，突然想起當時仍在唸初中的寶怡，就寄了給她。以後每次泊岸，都慣性的寄一張明信片給她，也等於通過她向家人交待了我的行蹤。後來我不再行船，又不想費唇舌説明我的新工作性質，反正還是到處走，就繼續寄明信片，所剩無幾的家人都以為我還在船上。她們從未回信，或請船公司轉信，這樣的極小化安排，很明顯是恰到好處。只是寶怡卻養成一個習慣，把明信片用鞋盒裝起，整整好幾盒，就放在衣櫃頂。後來寶怡做導遊，有可能是受了明信片的影響，她從未跟我説起，我從未問她。不過，我知道她是真的喜歡旅行，尋幽探秘，拍照留念，而我是不看風景不訪名勝，更沒興趣探險。每到地方，我做我專業的事，賺錢、住五星酒店、享受那邊世界能提供的最好美食、紅酒、女人，一切錢能買到的東西。

父親過世後，我才搬到現在這房間，好像領回自己的失物。我偶然才回香港，卻堅持佔着大房，而繼母和寶怡只得擠在另一較小的房間。直到繼母去世，寶怡才有自己的房間。八四年那天我脫下上裝躺在床上，感到自己佔有慾的荒謬，我那時候已經習慣把身邊所有事情安排到不放在心上，卻去留戀一間破房？我決定下次回港，應像去了陌生地一樣，住入五星酒店。我並決定把房子賣掉，與寶怡一人一半分家，從此乾乾淨淨。

就那個時候我強烈的想喝好咖啡。我的哥倫比亞咖啡豆粉在手提袋內，過濾壺還在廚房，而正如所料，並沒有晶狀黃糖。

或許我真的太閒，願為了一杯咖啡的完美而奔走。我從加拿芬道轉堪富利士道，走到彌敦道的一家連鎖超級市場。那是個星期一的下午，顧客不多。我走到賣瓶裝即沖咖啡的位置，在貨物架的下方，找到咖啡黃糖。我彎腰去拿的時候，聽到架子的另一邊，一名女子在說話，雖然說的是廣東話，腔調卻不是香港的，一聽知道是新從廣州來的。她字正腔圓、語調卻平和的說：六點正起床，連忙洗臉漱口，然後去燒水，父親六點半起來就要喝新鮮泡的茶，菲傭起來煮早餐，她就換衣服，六點五十分送小學二年級的姪女上體操特修班，因為學校太近，步行不到十分鐘，所以才要她親自送去，一個人回來，叫醒另一個唸小四的姪子，等他吃早餐，送他去金巴利道坐學校包車，九點陪父母到公園散步，十點送二老回家，再由她負責去菜市場買菜，回來交給菲傭煮中飯，十二點十五分去接姪女回家吃飯，隔日兩點半陪父親去覆診，四點半在金巴利道等姪子校車到，順便買新出爐的麵包，回家幫姪子補習到六點，吃晚飯後，全家人看電視，好像沒事幹，但就算躲在房間，家人也會熱心的叫她出去，說：快來看，劇情好精彩呀、好緊張呀，一定要她去分享，如果不看，就得找理由，那又會引起關注，她也不想離群，每天晚上看完歡樂今宵，才與菲傭一齊回房，她睡床上，菲傭睡在地上膠墊。既然家有菲傭，也不用洗燙打掃，旁人看起來她沒什麼事做，她也沒辦法三言兩語說清楚她每天做什麼，但是一天的時間都給切得一段一段，中間的時間派不上用場，等於沒有了自己的時間，更談不上為自己安排。從廣州到香港後，每天就這樣過。

我聽她的聲音，估計她大概不會太年輕，應三十或以上。從貨架的縫中，我只看到部份的她，雖然穿了寬腰的素色連衫裙，仍可以感到她胸部應很豐滿，而且是故意用內衣把胸部包得緊緊那種。

另一把女聲加入：你自己找節目嘛，星期六星期天自己去玩嘛。這個女的穿花裙，如果不留神的話幾乎聽不出她有口音，會以為她是在香港長大的。

素裙女說：周末才陰功，父親身體不好，全家都自動的陪受罪，很少外出，由白天到晚上都看電視，這一生沒有像來了香港這一年看這麼多電視，再說，我一個人去得邊吖。

花裙女說：搵我嘛。素裙女：小姐，重點要解決的不是周末去那處玩，而是重新安排生活，不能這樣活下去，他們叫我唔好去打工，嚮屋企幫手，梗係更唔想我再嫁人，留在家中做百搭。

素裙女說到後來，有點激動。我移過身子，找到貨架的較大空隙，看到那穿花裙的，二十八、九歲的樣子，燙了蓬鬆鬈髮，化了濃妝，胸部平坦，整個人乾乾扁扁的。而素裙女則是直頭髮，沒有化妝。大概剛才激動，花裙女也接不上話，兩人無言對站，素裙女側着頭在收拾情緒。

那花裙女若無其事的把一瓶在架上的指甲油放進裙前口袋，再拿起一支唇膏，看兩眼，又放進口袋。這時候她看到我在看她，瞪着我，我若無其事的走開，等角度好的時候才回頭看那素裙女一眼，樣子只能說是乾乾淨淨，穿的連衫裙長度過時，有點土氣，不過我沒錯，身材算是豐滿，有胸有臀。那花裙女仍瞪着眼，我不予理會，轉頭去付我的黃糖錢。

排隊付錢時，我已注意到一個中年男人，穿白短袖襯衫，打花領帶，站在角落裏，眼睛盯着那兩個女人，我甚至可以聽到那男人粗急的呼吸聲。我預測我自己的行為，是會去警示那兩女人，還是會作旁觀者讓她們當場被抓？我發覺無法預知自己不久以後的行為。我在付款櫃前，假裝選購口香糖，那兩女人正朝我方向走來，花裙的那個在前面，留意看可以看出她的腳稍微有點長短，不過她裝走得蠻正常。她們兩個走過我左身邊，並沒有停下來付錢的跡象，而白短袖襯衫男人已經箭步繞至付款櫃的另一端。我甚至看到他嘴角泛了一下自得的微笑。我上身如汽車由一波急轉二波，往前疾衝，側身越過那兩女人，拿着糖包的右手攔在她們前面，剛好在她們還沒越過付款櫃之前。兩女人滿臉不解。那白短袖襯衫好像守門員作好姿勢去接球，而球卻在他面前被人攫走。我只說：俾錢。

花裙女人反應很快，看了白襯衫一眼，然後把拳頭從裙袋抽出，像生蛋一般把指甲油和唇膏投在付款櫃上。我沒想過誰付錢的問題，花裙女並沒有表示，我才明白她沒錢。素裙女也很快領悟，她手裏拿着一個小女生的小零用錢包，打開一看，從她表情知道錢不多，她問花裙女：多少錢？我不等了，轉問收款員：多少錢，指一下指甲油、唇膏和黃糖，然後代付了錢。拿着小購物膠袋，三個人一言不發，走出超市。我沒有再看那白襯衫，他一定很失望。

我把糖包從袋裏拿出來，把袋子交給花裙女，她沒有什麼表示就接過去，好像本來就是她的東西。事情可以這樣終結，我並不覺得剛才的事很光榮，我為什麼救她們，自己也解釋不了，不過如果她們不是女的，不是兩個有點姿色的大陸妹，我大概不會插一把手，雖然，當時我對那兩女人並沒有特定期望。正要走，素裙女說：唔該晒，神情頗誠懇，增加了我對她的好感，但不知如何接下去，莫名其妙說了一句：順手。花裙女終於開口，咁唔差在請我地飲杯咖啡。我心裏冒起一句英文：我又有何損失？

我們決定去格蘭酒店的咖啡室，不太觸目，也不寒酸。我走在前，她們拉着手跟在後，花裙女不斷挨在素裙女身邊說話，大概在說我。坐下點了咖啡後，花裙女劈頭就問：你做什麼的？

我不想解釋說：行船。

花裙女大力拍了素裙女一下，好像給她猜對了什麼。當然她不可能猜到行船，而是在有錢沒錢之間，她猜我是沒錢，在高薪與普通打工之間，她猜我是做普通工作。如果我仍穿着亞曼尼上裝，她想法會不同。她和比她更晚到香港的素裙女，只看到我穿了馬球恤卡其褲，但不可能知道恤和褲是正牌雷夫羅倫，腳上是佐丹的夏天薄底鞋，我的IWC白金皮帶手錶在繃了帶的左手腕上，很顯眼，她們可能當成學生鋼錶。我不作解釋，問了一句讓她們歸位的問題：你們來了香港多久？

素裙女很爽快的說：快一年。花裙女漫不經意的補：我來了好久——一副不想人家把她看成新移民的樣子。我說：我今天才到。她們都笑，氣氛好了一點。我自我介紹：我姓張。我沒有說全名，一般在風月場所都是只說姓什麼。素裙女說：我叫沈英潔。她的大方，令我有點不好意思。花裙女補一句：我叫桑雅。我故意問：Son⋯⋯，她們齊接上：Ya。想不到她有這樣的外文名。沈英潔摟住桑雅說：她是舞蹈藝術家。桑雅立即反駁，用普通話說：你少來。再向我認真加一句：我唔係。隨着報復似的指沈：她是大學生。沈也用普通話回敬桑雅：你少來。再對我說：我乜都唔係。

我故意說：你不是每天六點就起來嗎？沈英潔迷惘了一下，桑雅說：他偷聽我們的講話。我看着手錶說：廿五分鐘後要去金巴利道接姪子放學。沈英潔猛然看一下自己的錶：差點唔記得。倒是桑雅說：還早呢。跟着問我：你的手什麼事？

我說：我們的貨船，到了拉各斯港，在西非奈及利亞，找不到卸貨工人，只能僱用警衛在船上保護貨物。果然有一個晚上海盜登船，我們跟他們火併，其中一個海盜在我五英呎外開了一槍，還好只傷了手的外皮。

這種事情在拉各斯的確發生過，不過不是在我身上，除了五英呎距離開槍把我打傷那部份是真的，其餘是我隨口編出來的。沈英潔問：吃這口飯有這麼危險嗎？我說：看你是那一路，或應該說，是那一水？

桑雅插口問重點：你結婚沒？我說：誰願意嫁給行船佬？桑雅笑着說：這倒也是。她見沈英潔不作聲，問：行船佬，愛唔愛呀？沈英潔吸一口氣說：不跟你們瘋了，我夠鐘啦。我立即問沈：後天，同一時間，同一地方？桑雅說：後天沒空。我故意指一指沈英潔：我係問佢。桑雅說：好，你們兩個幽會吧。我望着沈英潔，她回答：後日，同一時間，同一地點，我請你飲咖啡。我說，一言為定。

我急急付賬後三人一出酒店就分手。桑雅問沈英潔拿了十元，衝過對面馬路搶上了計程車。沈英潔向我輕輕點一下頭就走。我佯行另一方向，等沈走了一段，我轉跟着她，蠻喜歡她走路的樣子。她沿着加拿芬道走，從堪富利士道開始，過金馬倫道、加連威老道、金巴利新街，到了金巴利道，就站着不動等姪子包車。我剛過了加連威老道，快到金巴利新街，如果她回頭，就會看到我。我應該預料到這樣情況，我跟着她幹嘛，我對自己傻氣的追蹤感到好笑，慢慢轉頭走回加連威老道，等過馬路。突然我身旁一輛計程車駛過，桑雅坐在後座，她開玩笑的做了個臉，像在假裝罵小孩子，並用食指向我指兩指，表示我不乖，都給她看到了的意思。她車子就沿加連威老道駛去漆咸道的方向了。尖沙咀那段路車多人擠，她是在堪富利士道上車，駛到加連威老道這麼一小段路，有三處紅綠燈，有時候走路比坐車更快。只不過在我意識中，桑雅一上計程車，我已把她忘掉，遠離了我的世界，之後，突然又亮在眼前，好像她的時間比我的時間慢。

桑雅一定會跟沈英潔報告，說我在跟蹤。這未嘗不好，等於借桑雅的口表示了我對沈的態度，後天再見面時，我們的關係不用費唇舌自然到了另一層次。沈英潔已清楚知道我對她有興趣，且看她怎麼反應。這偶得的方便令我身心愉快，雖然，我虛無的一面不斷在說我多無聊。整個回家路上，我都在想她，沈英潔。

隔天的下午兩點半，我到格蘭咖啡室的時候，英潔已在。我說我以為你兩點半才有空，她說，也不一定這麼準確。我正打算在她右邊坐下，她拍一拍左邊椅子，我遂移坐在她左。女人有的時候會以為自己某一邊的臉比另一邊好看，希望男人從她有利的角度看她。其實男人看整體感覺，看不到細部。不過既然她要我坐左邊，我順她意又有何損失。

起碼表示她很在意，要給我好印象。

點了咖啡後，我以為大家會說些客套話，但她不浪費時間，想盡量收集資訊。她說：我的生活你好像都知道了。我回答：還有很多不知道。她繼續：我不用再說我的了，想聽你說你的。我一口氣說：我，香港長大的香港人，一世好運，無憂無慮，無災無難，什麼都沒有發生，報告完畢。

她笑說：你少來，說吧，從小說起，細節越多越好。

我小時候有段故事，每次跟女孩子說，都很能帶動她們的情緒，於是我說：

一九五四年出生，家是住在上海的寧波人，只記得自己和媽媽一起在一個很暗的房間裏面，這是對上海的唯一印象。真正的童年記憶從四歲的某一天開始。那天媽媽帶自己去坐火車，人很多，世界很亮。我還記得火車開動的一刻，像天搖地動，惶恐之後立即是興奮。開動中的火車是我最早的快樂記憶，我從此愛上離鄉背井。在車上，媽媽還是沒有笑容，不過買了許多我從未吃過的零食，隨便我吃，而火車上的便飯味道也特別好。不知過了多久，到了廣州，和媽媽一起在車站露天平台，睡在長板椅上，晚上又吃了許多零食糖果。翌晨，媽媽叫我把零食放進小書包內，並拿了一張照片給我，叫我認住照片中的男人。那是我爸爸。照片後有我和爸爸的名字，和他在香港的地址。媽媽再三叮囑，見到爸爸，一定要大聲叫他，我還練了幾次大聲叫爸爸。然後，不知怎的，媽媽就一直哭，抱一抱我，又哭、又抱，把我交託給一個帶着兩個小女孩的胖女人，送我上火車，還再三說，記得大聲叫爸爸，又把一包糖塞在我手。火車開走，媽媽留在平台上，一直哭着在揮手。我看着她，手裏拿着糖，沒有向她揮手，也沒有哭，胖女人還說我不哭很乖。不久，我睡着了，醒來天色仍然很亮。我覺得胸口像被重物壓住，說不出的悶，那時候我才想哭，但忍住沒哭出來。以後我每睡午覺醒來，都會有胸口很悶想哭的感覺。火車到了深圳羅湖，我跟胖女人一家走了好長一段路，又排隊，又再走路，如是幾次，像沒完沒了。胖女人也很緊張，一手拉着一個女兒，只偶然回頭看看我是否跟在後面。倒是我自己突然看到一個男人獨自站在閘口邊，就是照片裏的男人。我走過去，很大聲的說，爸爸。那男人大概沒想到我聲音這麼大，有點驚訝，但他當時一定也很開心，抱起我，一直笑說：得志、得志。我全名叫張得志。

沈英潔並沒有預期中那樣為我所感動，但也不是完全沒反應。她說：如果你沒有來香港，你也是老三屆了。我沒有聽懂，她也沒有解釋，只追問：後來呢？為什麼你媽不來？

我說：爸爸在香港已另外有了女人。他大概跟媽媽談好了條件，只申請我出來。我不敢想，如果我媽不同意放我出來，一定要把我留在身邊，我會怎樣？

我到香港後，爸爸的那個廣東女人，後來正式是繼母，剛懷孕。爸爸在加拿芬道買了房子，只有兩個房間。大概是繼母的主意吧，叫我去跟一個叫屠家伯伯的老人一起住在隔壁一幢舊房子。房東是廣東人，我跟屠家伯伯住在尾房。他是爸爸在上海的結拜阿哥。爸爸說屠家伯伯以前是少開，家境不錯，不過解放後都沒有了，偷渡來香港的黃牛錢還是爸爸代付的，在我爸以前租的房間外的走廊，搭了張帆布床，住了好幾個月。現在要照顧我，算是償債吧。一天三頓，上學放學，都由他負責。後來他自顧不暇，患了白內障、糖尿病，病痛一大堆，倒過來要我照顧他。

沈英潔說：那你童年也蠻苦。我澄清：也不見得，我從沒挨過餓，沒幹過粗活，也沒人罵我打我。後來妹妹大了點，我親媽媽也死了，繼母就放心了。家裏環境一天比一天好，每星期日爸爸會帶大家出去吃東西，什麼樂宮樓、喬家柵、鑽石酒樓，現在都已經拆了。有時候更去樂宮戲院、大華戲院看電影。還好我第一次見爸爸的時候，叫的聲音特別大，他對我始終有份親，私下塞不少零用錢給我。後來上學，雖沒有太多家庭溫暖，卻經常有零用錢，請些完全沒有零用錢的小朋友吃零食。我沒有大人管，整天可以在街上玩。屠家伯伯完全生活在他自己的世界裏，聽他那幾張舊京戲唱片，要嘛戴着老花眼鏡在縫郵包，糖呀油呀，寄返大陸，每一包裹縫上許多層布，他說碎布連起來可做衣服。我是不到晚飯不回那尾房，每天在天文台一帶跟附近的野孩子玩，偶然充闊佬請他們吃零食，朋友一大堆，小人國大隊長，這個上海仔還蠻受歡迎呢。

英潔問：你媽怎麼死？我說：聽說痼瘴，肚子越來越大，脹死。不過，說來慚愧，我對媽媽的印象太淺了，來香港後也沒人向我提起她，我簡直把她忘了。知道她死，也沒有什麼感覺，沒有問詳情，到現在我連她的一張照相都沒有。

英潔追問：後來呢？

我說：怎樣？難得兩小時空閒，真的還要聽嗎？

英潔肯定：聽，真好聽，再來。你搬回去你爸爸家嗎？

我說：不要跳得這麼快，搬回去是很後的事了。屠家伯伯突然中風，我不在，房東送他去醫院，沒多久就死了。爸爸他們一直沒叫我回去跟他們住，我也不問，一個人住尾房，一直住到唸完中學。

我告訴你第一次死亡經驗，其實是不會死，但當時我以為會死。屠家伯伯死後不久，大概我在唸小學三年級吧，參加完學校運動會，中暑。下午回尾房躺在床上，一回冷一回熱，整個人連轉個身的力氣都沒有，熬了一晚，也沒吃飯，也沒喝水。沒人知道我生病，第二天是運動會後一天放假，家人以為我上學去了，也沒有找我。我溫度越來越高，東西都開始變形，一片金黃色。我看到屠家伯伯的那副假牙，放在已生苔的玻璃水杯內，擱在他生前睡床上端木架的雜物之間，好像在一張一合。我相信我快死了，我認為死的滋味就應如此，並不痛，只是心頭很悶，很寂寞，上海話叫霧數煞。我躺在床上動彈不得的哭起來。

英潔問：後來呢？

後來，房東的大兒子，在香港大學唸醫科，本來住宿舍，那天竟然回家。他跟我蠻好，每次回家都會跑到尾房來逗我。他看到我像被烈日曝曬多天的鹹魚乾，馬上給我吃退燒藥，又灌我喝了很多水。晚飯後爸爸和繼母來看我，我已經好像沒事一樣。他們樂得清閒，說沒事就好了，有事明天帶我去看醫生，他們只看到我復活後的樣子。

英潔又說：後來呢？

我說：時間不多了。

她說：再來一段。

六七年香港左仔暴動。我爸爸以前在上海是做貿易的，五反後才以討外債藉口申請到澳門再偷渡來香港，一看到共產黨就想移民。他以前有肺病，加拿大領事館說身體檢查照出一個肺疤，不通過。自此他一直怨運氣不好。家裏除了住的房子外，他早把寫字樓和貨倉低價賣掉，生意也頂掉了，拿了現金，沒事做去炒股票。有一陣子忽然大賺，後來七三年股災，大部份的錢都虧掉，爸爸就不像以前的人樣了。我的出國留學計劃也泡湯。

英潔說：可惜時間到了，我得走了，下次聽你的留學計劃。她把錢從小皮包拿出來走到櫃枱付賬，早已連零頭在內算好要付多少。

付完，她問：後天，同一時間，同一地方？

我說：奉陪。

現在，她知道我的童年，比我知道她的現況更多。我是說得太多，想不到自己會向一個陌生的女人，說了很多從來未跟別人說過的話。可能是她的眼神，一直在鼓勵我說下去；可能她在我的世界裏是無關痛癢的人，我才會無顧忌的說真話；也可能是我的勾引手段，故意把自己說慘一點，讓一定有更慘經驗的她變得更容易認同我。總之，我喜歡跟她說話。這是一個還沒有完全唯物化的大陸妹，我記得自己這樣想。

星期日下午兩點我準時出現，她在酒店門外沒進咖啡室，迎前說：桑雅出事，我要去幫忙。

我說：那我跟你一起去。

桑雅在大角嘴一棟房子租了房間，又是一個住尾房的人。放高利貸的人在討錢，桑雅坐在椅上，一副大不了要我命的樣子。英潔從小錢包拿出六張摺過的五百元鈔。

一個戴眼鏡的男人說：咁即係玩我！

英潔望住桑雅，問：你不是說三千？

桑雅答：我知道你大概只有三千。

男的說：三千？三萬差不多。

我心想：說來說去，只不過三萬而已，這風險有限。

桑雅一副不爽的樣子：三千，係咁多，愛唔愛？唔愛斗零都冇。

另一男人抓住桑雅耳珠上的大耳環，往上用力一拉，說：八婆。

這個時候我介入，看那戴眼鏡的樣子還斯文，我客氣的請他出去走廊談談。

他果然跟我出去。我問他是哪一路的，他直說不諱，態度很好。我請他等一等，然後我打電話給一個叫黑豹的朋友，略把狀況說一下。黑豹一聽就明，我請黑豹代打電話給那一路兄弟的老大，請寬容一下。黑豹說不用另打電話，就叫那些收賬的來跟他說話。我照辦，把電話交給那戴眼鏡的。他說了沒幾句就掛上電話，對我說：你是刨哥的朋友，今天我們就收工，不過我們吃這行飯，是有規矩的，有些工夫遲早還是要有人收尾。

我說我理解。戴眼鏡的臨行前，用專業的口吻說：照規矩做，大家都好過。

說完他就拉隊走了，很斯文。

英潔對我已完全傾心，她特意讓我看到她讚賞的微笑。跟着她問桑雅往後怎辦，桑雅說：過了今天就有辦法，大不了回大陸避鋒頭。

然後她對我說：大力水手哥，這次唔該晒，你地走啦，阿英趕時間呀，一刻千金呀。

當我們離開前，她又補一句：喂，大力水手，對阿英好啲。

我不喜歡她把話說白了，但懶得澄清。這次後，再見到桑雅是十三年後的事了。

上了計程車說了地址後，我一把抱着英潔，親她的嘴。她一點不介意。我撫摸她身體，並一手抓住她的乳房。如我所想像，她的胸脯很有質感，一手尚嫌掌握不住。她不抗拒，只用雙手把我抱得更緊。我的手穿過她的襯衫，潛越她的奶罩，搓到她的乳頭。除了換氣時略調整坐姿，我們一直親熱。但因為是大白天，也只限於熱吻和用司機看不到的那隻手撫摸她的上身。

車子由彌敦道轉進金巴利道的時候，她把我推開，把衣服整一下說：明天禮拜六，早上八點，同一地方。

說罷，她眼睛不看我，等車子駛至金巴利道與加拿芬道交界，準備下車。我趨前很洋派的輕輕吻她一邊面頰，等她以為禮成又拉着她輕吻另一邊面，像足法國人。我知道她會喜歡這樣子溫柔的變調。

她不是說禮拜六不出門嗎？大概她已決心為我改變慣習。為什麼是早上八點？叫我禮拜六不能好好的睡晚一點。

不過，翌晨，我很早就醒來，預期着做我喜歡做的事。準八點，她站在酒店大門外，看到我就直說：到你那裏，好嗎？

到我家，我們就做愛。之前，除了少數例外，跟我做愛的女人是要收錢的。尤其這幾年，我已習慣了專業女士的專業服務。對她們來說，性是錢，對我來說，性是性，很單純。

不諱言，這次跟英潔做愛，滿足感更大。一來她喜歡我，二來她做愛時候的中國良家婦女動作和廣州口音叫聲，令我感到份外挑逗。每個地方女人在床上的反應，原來同中有異，那異味最催情。她是我第一個國內女人。想不到的是她毫不拘謹，但也不是專業女士制式化的放蕩，而是好像期待這刻太久，終於可以安心的分秒必爭，因而失控。

做愛後我第一個念頭是，要小心了。她真的喜歡我，我要盡快把遊戲規則說清楚。

她做愛後，很想談話。她說又輪到聽她的事。我不好意思拒絕，只說先吃點東西。我打電話到杜三珍叫了酸辣湯、上海粗炒麵、小籠包和鱔糊，吃了一半她開始說：你知道我是很笨的女人，一生多少決定是錯的、吃多少虧。

我敷衍說：還年輕，不要輕易說一生、一生。

她其實比我大一歲，五三年生，以吃過苦的大陸女人來說，算保養得不錯，樣子並沒有比年齡老。

她爸爸在大躍進後，逃亡到香港，過了幾年拿到香港身份才申請她媽媽和弟弟來。那時候文革已開始，輪到申請她來香港，她竟然拒絕，要留在廣州。我問她為什麼，她迴避說，因為她笨。

她初中畢業那年，學生都不用再上學，所謂知青上山下鄉運動。照她說，如果我在大陸，照算應是六八年初中畢業。凡六六至六八那幾屆，都稱為老三屆。我雖然是獨子，但母親已死不用侍養，大概逃不掉跟上海同代人去北大荒。以我資產階級後代的身份，如果做紅衛兵，為了與上一代不良身份劃清界線，我會表現特別積極，起勁造反。但在文革，你先鬥人，後來還是會輪到你被人鬥，跟着都是下鄉插隊。英潔早我一年，經歷差不多。她跟廣州同代人，被分派到海南島。當地人對知青很煩厭，二話不說都是被分配去做最苦的工作。英潔就這樣在離開首府海口兩小時的公社裏種了八年甘蔗。

這時候我才知道，英潔右邊的耳朵因為發炎沒有好好醫治而聾掉，我還一直以為她喜歡我看她左臉。

八年來，她每年冬天回一下廣州，但因為沒有戶籍無法留下。

英潔告訴我，當時在海南島公社裏，有個書記的兒子喜歡她，要娶她，她抵死不從。而她的一個廣州女同學，卻千方百計要嫁給這個書記兒子，因為可以不幹粗活。書記兒子終於娶了女同學，而這個女同學至今仍落戶在海南鄉下，不能回廣州。

到七十年代，知青陸續回原住地（與當地人結婚的除外），很多人比英潔早返廣州，大概是她既沒有人在省城幫她跑關係，又不屑去討好海南公社那邊的有權人士，説不定那書記兒子故意不給她方便，結果是英潔要到七六年才回到廣州。自修了一年多後，跟上容許超齡知青重返學校的政策，重新去唸高中。唸完再考進大學，那時候四人幫早已倒台。

她在大學唸英文。剛上第三年，父親生病，重提申請她來香港的事，理由是她弟弟一家人要移民，父親沒人照顧。英潔知道這次若再拒絕，以後不用指望家人會申請她。所以大學也不唸完，就來了香港。一住快一年，過着菲傭生活，卻沒有菲傭名正言順的名份。

我問她桑雅欠高利貸的事怎樣了？英潔說她回了大陸。我本來想說她不能這樣一走了之，叫人家放賬的不好交待，但現在我沒有心情去管桑雅。英潔卻開始談桑雅。

她們同校。桑雅低幾級，小時候很討人喜歡。愛跳舞，國家要重點栽培她，好將來安插在文工隊，幸運的話甚至去中央參加東方歌舞團。桑雅也就整天夢想做舞蹈家，並自己改了桑雅這個俄國名字。有陣子她在廣州少年兒童宮的圈子真的微有薄名，一堆少年捧着她。可是有一天，穿過馬路的時候，一輛本來停着的軍車，突然後退，她人被輕碰一下，倒在地上，旁人急拉她一把，人是脫險，可是右腳面還是被車輪輾過。軍車上的人看到桑雅還能站起來，看不到傷，又能走路，就開車走了。她看了醫生，也說沒事，腫幾個禮拜會好。不錯，一般人能走路就算了，但對桑雅來說，右腳某幾種動作有障礙，對別人是小瑕疵，對她是一生全毀。她的舞蹈家夢碎了，再沒有事情值得她去認真。靠着幾分姿色，到處混，竟然七八年前給她搭上一個回鄉探親的香港地盤工人，結了婚，生了孩子，來了香港，又把人家甩了，一個人在香港找生活，用的不就是女人的原始本錢。

有次紅線女來香港演唱，英潔難得陪家人去看戲，碰到桑雅。之後她們三頭兩天就碰面，聊兩個小時天。在香港認識的人之中，唯有英潔會記得桑雅在少年兒童宮的風頭事蹟，英潔是桑雅的歷史見證。

我想，她們這些大陸人，每人一生都有幾件戲劇化的遭遇，跟歷史呀，國家呀，扯在一起，可以很轟轟烈烈的告訴別人。

我一生有的都是些瑣事，歷史跟國家沒煩我。

我還是不知道英潔當初為什麼拒絕來香港。

但我有一套假想。剛才做愛，我知道她不是處女。當然，有可能是因為她勞動，或做運動弄破了處女膜，不過從她做愛的激烈反應，可知她是有性經驗的。可能是她在海南島有男人，更可能是她在廣州有了男朋友，所以才不肯來香港，下放後，每年冬天回廣州，就是跟男友幽會，當然包括做愛。後來男友沒有等她，所以她一直說自己笨。剛才她在自說自話的時候，很多細節其實我沒聽進去。自從火車過了羅湖後，大陸雖近，對我來說卻好像不存在，大陸東西我興趣不大。所以我邊聽英潔說話，邊在構想我的處女膜理論。倒不是我特別重視貞操，我一生並沒有遇上過處女，也沒有童女情意結。剛才的做愛勝過以前的經驗。故此，當我建立了一套對英潔性歷史的假想，完滿解答了非處女和不肯來香港的原因後，心中釋然，不再去想這事，很滿足的迷迷糊糊睡着了。

西斜的太陽把我曬醒，我感到心口有一股悶，不過跟童年的感覺不同，沒有想哭，倒感充實。英潔睡在我身邊，穿了我的棉內衣，我開始撫摸她，親她身體，直到她慢慢醒來，我再進入她體內，這次時間更長。她的廣州口音叫床，依然催情。我出奇的硬。她甚至叫出了幾句普通話。我很自滿：不是每次都能這麼硬、這麼久，更不用說一天兩次。這樣讓一個過着刻板生活的女人，有滿足的性享受，我覺得自己做了一件好事。

她趕快穿回衣服，說答應了家人，要去買剛出爐的麵包，然後回去吃晚飯。她說：明天，我會跟他們說好不用等我吃晚飯，早上八點見。

我急忙說：八點不成，十點好了，也是到我這裏，好嗎？

她點一點頭，把雙頰讓出來給我親一下才走。

我想了想，有什麼後果？我沒有說喜歡她，沒有說我沒有其他女人，我們之間沒有承諾，只是兩個成年人做個伴，享受生活。我認為我的態度，我的不說部份，已說明了我們的遊戲規則。

她是很心甘情願的要跟我好，否則她隨時可以拒絕，不但沒有，甚至在某些步驟上，她採取了主動。我們互不相欠。

我提醒自己，明天記得買避孕套。今天太衝動，忘記戴套子。不過或然率來說，值得一賭。我總覺得第一次做愛就戴套子，一切好像是有備而來，不夠即興的感覺。不過，明天開始要小心，不然這種大家玩一玩的互惠計劃就會變質。

翌日早上八點，我跟托圖先生在文華酒店咖啡室開早餐會議。托圖是五十來歲的英國人，喜歡人家當他是商人銀行家。他是一名中東油王在香港的投資集團的代表人。該集團在我們奈及利亞的一家公司裏，佔了不足百分之十的股份，是策略伙伴。我老闆雪茄黎在我回香港前，叫我找托圖，向他報告一下奈及利亞的狀況，屬例行公事。我跟托圖解釋說，當權的軍事強人布哈利情況不妙，少壯派軍人蠢蠢欲動，布哈利政府內部的人，也在密謀倒他，實力派的參謀總長巴班紫達特別值得注意。不過，我們的投資計劃不會受到影響，因為每一種勢力我們都照顧到，所有可能執政的野心軍人都收了我們的錢，任何一方上台，生意皆可以繼續。

托圖是非洲通，我簡單一說他就理解。當初投資時已計算過這樣的政治風險，甚至說不上是風險，而是在奈及利亞做生意的循環週期和應酬成本而已。

他更感興趣是我為什麼受槍擊。我說我該次如果中槍死了，真是太冤枉。那一支新成立不久的部隊，成員來自南部紅樹林沼澤區的一個薩滿式基督教小部落，我叫他們做沼澤部隊，趁少壯派天主教部隊政變，竄到首都拉各斯來，也沒有表態支持政府軍或叛軍，只想趁火打劫，發夢想賺錢，竟曉得摸到華人集居的依可亞區，要找中國人談交易。當時大家推舉我老闆雪茄黎去交涉。雪茄黎一看這批穿軍服的土蕃，根本不入流，也不像明日之星，當然不放他們在眼裏。雪茄黎什麼大場面未見過？他口袋裏裝着全國不同派系或部落的軍人，是全西非最強悍的武裝力量，那容小小的沼澤部隊撒野。於是不答應他們的條件，氣氛很僵。我一直坐在雪茄黎旁邊。想不到對方陣營有個低級軍官，突然拔槍，想都不想就朝我頭部方向開了一槍，我自然反應以手掩面，子彈未射中我頭，卻擦傷了手背。我到現在還弄不清楚他目標是我的頭，還是故意射不中。我想他是無所謂，射中我頭也不在乎，射不中，示威效果一樣達到。

他的失算是，雪茄黎不單沒有被嚇到，反而勃然大怒，拍桌趕他們走。我們那邊的黑人警衛也拔槍以對。那文化外沼澤部隊知道跟我們硬來，也拿不到好處，遂悻然離去。後來這支部隊的下落如何，我沒有去追蹤。到我來香港為止，他們都沒有回頭來找中國人的麻煩。

托圖對這段故事有興趣，因為可以讓他發表一些他的高見，我正是在等他做結論式的評語。他説：太極（他一向堅持叫我做「太極」，而不是得志），你有沒有想過，就算你當場被殺，結果還是一樣；雪茄黎依然會大怒，下逐客令，但不會為你而火拼，一切很快如常，生意照做。

托圖就是喜歡去勾一些曖昧的道德處境。他另一句話我應該記得牢一點：他們永遠是射殺那第二把手。

永遠射殺第二把手。就算是剛從原始沼澤出來的原始人都明白，殺了第一把手，就談不下去，也沒人會給錢了。要想嚇第一把手，最好向第二把手下手。

而我，恰恰經常擔當第二把手。

我急着回去看英潔，想告辭。托圖突然轉到新話題，說他會離開那中東集團，改投靠日本人，因為現在日本錢太多，水浸，到處找投資機會。他將主管一筆日本財團的錢，在亞洲地區，不只是做被動投資者，而是由零開始參與，完成至交鑰匙的地步，再轉移，甚至繼續管理，是真的下場做一些實業。每達到預定目標，就有紅股及認股權。其中一個小項目，是跟一幫香港人，在溫哥華攬一個高爾夫球場及會所，已到了成交階段。他明天就走，問我可願意跟他走一趟，增進雙方瞭解，若有意思，以後可以長期替他做事。

我一口答應跟他先去溫哥華看看。

托圖和我共見過幾次面，只有這次是單對單談話。他對我一直有好感，大概是我的英語和儀態配他胃口。我心底很願意跟他做事。他見過世面，有大格局，我可以學到很多。再說，六年在非洲跟着雪茄黎，也真夠了。這一下槍聲，就像鬧鐘叫，叫醒我不要賴床。

我晚了一個多小時才回到家，英潔在門外等。她依然可愛，做了皮蛋瘦肉粥帶給我吃。我說我剛吃了早餐。她說：你好壞，我要吃你。

她拉我到床上，我仰臥着，她騎在我身上，吮我，把我的陽具放進口中，我任她攬，有個念頭一閃而過：是誰教她這樣討好男人？她的廣州男友？

過了一陣子，她坐在我身上，把陽具塞進她下體內。我想起避孕的事，說：等一等，我上衣口袋裏有避孕套，剛剛買的。她說：不用，我吃了藥。她叫我躺着，什麼都不用做。我心想：大陸女人對避孕倒真的不當一回事，很實在。

她搖動身體直到我射精。那運動量一定很大，她整個人像虛脫一樣塌在我身上。

之後我吃掉皮蛋瘦肉粥。我問她晚上是否一起吃飯，她說是的。我去打電話訂位子。回到飯桌，她攤了些剪報在枱面，都是房子分類小廣告。她說：我想搬出來住。

我想：她不會這麼快對我有所要求吧！

看了剪報後，我知道顧慮是多餘的，都是些梗房出租廣告，寄住在別人家中的房間。她真的只是想搬離父親家，重新過自己的生活。

我想起住尾房的日子，說：你獨立生活，那很好，不過先到處多看看，不用急。我不想她在我離開香港期間有任何搬出來的決定，怕她是為了要方便見到我而搬，而我還沒有決定跟她的關係應用哪種方式去維繫，甚至應否延續下去。

她急着要看房子，我只得陪她。房子都在尖沙咀區，我們看了幾間，我總是潑冷水。我想正好利用去溫哥華的機會讓她好好想一想。我說有點睏，我們就回家去睡午覺，睡前聽到她說很喜歡這樣兩個人過日子的感覺。

我們傍晚差點睡過頭，急忙趕去吃飯。我不想帶她去太時髦的地方，因為她的衣着有點土，所以選了一家在亞士厘道蠻隱蔽的小意大利餐館。我幫她點了薄片生牛肉頭盤，海鮮湯和牛膝拌特細麵，自己點了莫薩里拉芝士夾番茄和李索圖有味飯。她對意大利菜一無所知，我讓她試我的菜，她每樣都說好吃，證明她口味還很開放，願意學習。這家餐廳不可能有基沙代理的好意大利酒，我叫店家推薦，隨便點了一瓶，反正水準不會很高。她從來未喝過紅酒，卻很能喝酒，我們到主菜已喝完一瓶，稍嫌不夠，不過我不想再點第二瓶這種水平的酒。

她心情好，我也有說話的興致。在告訴她我要去溫哥華之前，頭盤開始我先嘗試回答她的問題：我的出國升學計劃如何泡湯？

我說：怎麼說呢？你知道嗎？我晚了一年才上街坊幼稚園，小學是在油麻地官涌菜市場附近的一家二樓學校唸的。會考不怎樣，被分派到旺角尾一家不怎樣的天主教會男校。不愛唸書，整天踢足球。轉變要從唸完中三那年暑假剛開始的時候說起。一個下午我和同學在伊莉沙白醫院後山的平地踢完球，自己走回家。在覺士道上，剛過了童軍總會，在二號C巴士站前，被三個阿飛圍住，叫我把身上的錢和球給他們。當時剛好有一輛警車駛過，他們圍着我用眼睛警告我，我真的不敢作聲。警車過後，他們完成搶劫，拿走我僅有的十幾塊和足球，其中一人並在背後打了我一拳，說下次再碰到我，要打我三拳。

他們往柯士甸道方向溜跑。我覺得自己很窩囊，警察經過還不敢呼叫，好像證明了膽量不夠。我對自己的表現很失望，原來自己是這樣一塊沒種的料子。我本也應往柯士甸道走，卻回頭走向佐敦道。角子上是兩層樓的基督教會辦事處，在門口我看到一張手寫的硬卡紙海報，上面寫着

「青年茶座：免費」。我正在看着，一名二十七、八歲的男子走出門口，態度親切，用英語說：你好嗎？我不慣用英語交談，沒作聲，他用中文說：入來坐吓。他好像有辦法令人一下子跟他熟絡，我就進去了。裏面有十來個比我大一點的男男女女，是暑假青年營義工的召集會，門口那男人是主持。

那天之後我們都變了他的義工，整個暑假就往粉嶺和大嶼山的青年宿營跑，要不就在教會會客室辦我們的青年茶座，吃免費點心。

那男人叫加利哥利，學自美國電影明星加利哥利柏，是天生的小人國大隊長，專主持青少年活動，熱衷戶外生活，並是駐香港英國軍隊編制下的「義勇軍」，香港的民兵、業餘軍人。茶座裏的人就叫他義勇軍。他和比他年輕六、七歲的太太安妮，整天就是跟我們這些小大人在一起，傳授一些他認為很實用的知識給我們，例如急救、在晚上找北斗星、野外生火。他教我們用英文唱營火歌，總是以「的不那里路漫長」這首英國人的歌開始，另外配一些美國民謠，如「噢！蘇珊娜」、「紅河谷」，後來並多了些新歌如「五百哩」、「所有的花去了那裏？」、「風中吹」、「我們會克服」，最後以那首「搖呀搖、搖你舟、溫柔隨流下，快快樂樂，生命只是夢」結束。義勇軍又愛說一些英文成語，如「蠟燭兩頭燒」、「駝峰上的最後一稈」、「滾石不聚青苔」。我最記得他喜歡在營火會快完的時候，用英語說：「夜，還很年輕」。不知不覺間，我對英文的興趣大增，到中五會考，竟然靠英文和聖經拿到良等，可以繼續上大學預科。我那家天主教中學，同一個教會，在美國中西部開了一家不怎樣的大學，如果我付得起學費的話，兩年後大概過去留個學沒問題。

怎知道我爸爸在股市吃了大虧，他說錢都像大閘蟹的給綁住了。我知道留美無望，而考本地大學我沒本事，就去紅磡工專學無線電，因為義勇軍正職是在那裏教無線電。就這樣我畢業後才會申請到船上當電報員。如果那次給搶了十幾元和足球後，我沒有逆向而行，回頭走向佐敦道，看不到青年茶座的海報，我大概後來不會選上行船這職業，現在手背也不會受槍傷。

英潔喝了酒，心情特好，頻說：理解、理解，好像明白了我的一生。其實她太多事情不知道，包括義勇軍、安妮和我的關係。

她想到了別的話題，問我看過什麼英文小說。我說都是在太古輪上，看以前人留下的小說，如姬斯蒂的偵探故事、菲林明的占士邦。她說她都沒看過。

看書不是我擅長的話題，不過我知道她在廣州唸過英文，也順便問她看什麼小說，她說看得最多是狄更斯，最喜歡是珍奧斯汀和哈地，再古一點她看不懂。

我說我對舊小說沒興趣。其實我的英文是在船上磨練的，因為每天要跟英國人打交道。我立即模仿幾種口音，由低下層至硬上唇，自以為維妙維肖。英潔不一定知道各種口音代表的階層，但看到我的樣子，她笑不停，我覺得她是個不錯的女伴。她還在笑，我說：

我明天要上船。

她問：去哪？

我不想說真話，因為真話要解釋。我說：去東南亞，大概十幾二十天。

她向侍應拿了一枝筆，把她的電話號碼寫在餐紙上給我，並說：回來打電話給我。

我問：打到你家，方便嗎？

她微笑用國內口音的英文說：我不理。

我用女皇英文說：非常好，如果你堅持。

英潔的爽快、實在，是我喜歡的。

但我怕她太喜歡我。

這個女人正在追求獨立，要開始人生新的一頁。這本來可以說不關我的事，並不是我叫她這樣做，我沒有邀請她跟我一起生活，也沒有承諾她任何未來。我一向自律，不會因為衝動而說出我愛你、我要跟妳在一起之類的話。事實上，我連一句親密的小話都沒有跟她說過。每次做愛之後，我都說謝謝，每次道別我輕吻她雙頰，完全是朋友之道。

她能分得清楚嗎？

我慶幸剛好要離開香港。星期一上午，我留了一張字條給出國未回的寶怡，建議賣掉我們的房子，或她把我的一半買過去。下午我跟托圖坐國泰頭等艙去溫哥華。

在溫哥華，我再回顧自己的行為，應該是沒有發出誤導的訊息。我們之間的關係，應是一種有性關係的朋友關係而已，她不應該有其他想法。

我必須承認，分開那幾天，我整天只想着跟她做愛。

我回到香港那天是一個星期四的下午，那天她不能出來，所以就算立即打電話給她，也沒有意思。我趁機休息一下，因為離開溫哥華前的那晚，我們太荒淫了，加上早上從域士拉開三小時的車到機場坐長途飛機，我的體力需要補充。

寶怡又出埠了。在我房間床中央，她放了一張樓宇買賣契約。她已簽了字，只要我簽一下，房子就轉給她了。父親死後，我以遺產繼承者的姿勢，強佔了大房，寶怡和她媽媽屈在尾房，一直都沒吭聲。這房子是她從小長大的地方，賣給她我很安心。

翌日因為時差，很早就起來。我到茶餐廳喝港式咖啡兼看《南華早報》。之後遊遊蕩蕩，發覺街角上開了一家地產經紀公司。我進去摸一下這一區的房價。寶怡開的價錢是市價，很公道，沒有佔我便宜。這個時候不知怎麼的，我看到一些房子出租的招貼，有些小單位，號稱四百多方呎，一廳兩房，租金好像還可以。我就叫經紀帶我去看看。那些所謂四百呎的房子，實用三百，像是給小人國的人住的。不過我想英潔一個人住，總比住尾房好。

我打電話給英潔，下午兩點約在那房子。見面時我親她雙頰，好像熟朋友一樣，卻不是一般情侶久別重逢那種。

她看到是整個單位，第一句就說：太大了。她問多少租金，又說：太貴了。

我有點生氣：你鍾意住尾房咩？

她看着我不知如何反應，有點弄不清楚我的用意。其實當時我也不知道自己的決定會有什麼後果，只想如果英潔既然堅決要搬出來，就替她找一個比較像人住的地方。如果她經濟有問題，起步階段我可以幫她一點忙，好讓她站起來，過新生活。我沒有其他目的，不要求任何回報，不然的話我會跟她談條件，像包小老婆一樣。但我這次幫英潔是無條件的，我說我先代她付六個月租金加上按金，以後她有能力的時候才還我。

兩小時內，手續都辦好。我送她回家，她把我拉進電梯內，熱烈的吻着我。到了她家那層樓，臨出電梯前，我說：明早八點見。她用英文說：我愛你。

我警號亮起來。我決定明天之後，或許不再見她。

我回家在樓宇轉換契約上簽了字，並留下銀行賬號，叫寶怡把錢匯進我的戶口。之後趕往指定的律師處補簽了一些文件後，我有說不出的輕鬆。

我將是一個完全沒有牽掛的人。

至於英潔，我已經替她想好。那房子不需要裝修，最花錢的傢具是床。所以，幫人幫到底，明天我會買一張床送給她，她有錢後也不用還我。她有半年時間去建立自己的新生活，找合適的工作。她英文不錯，人又實在，我相信她可以在香港生存。萬一收入不夠，她還可以把尾房租出去來幫補，自己做房東。等於說，我扶起了她，讓她走上人生另一頁。她不是我以前碰到的那些要付錢的女人，我不能直接給她錢，只能用現在的方法，很婉轉的回報了她。而錢也花在刀口上，不是花在一些奢侈品上。我這樣的做法，可說是仁至義盡，很夠意思了。

第二天早上，我們約會時間太早，我開門給她之後，又回床上睡。她就陪我躺着，到十一點才去買床。我不會替她買太豪華的床，免得她的其他傢具要配套，花錢超過她能負擔。所以，我們就往油麻地彌敦道的中低價傢具店裏找。本來我心目中的床是六英呎寬的王級，但房間太小放不下，只能選五英呎寬的后級。

跟着我們回尖沙咀吃日本料理。英潔樣樣東西都願意試吃，這是我欣賞她的地方，她有開放的心靈。

喝了一點清酒後，她跟我說：本來想找個小小的房間，靠自己的能力養活自己，並不想要煩到別人。

我說：現在也是這個意思，只不過把門檻提高一點，這樣對自己的要求也可以高一點。

她不知道有沒有聽懂我的意思，只說：但是現在突然租了整個單位，買了大床，一切發生得好快。

我說：因為快，所以你會覺得亂，其實本質還是一樣，並沒有失控，我已幫你都算好。我加一句英文：你可以做到。

中飯後她拉着我去買衣服。原來她一直都是穿弟婦和媽媽的舊衣服，家人都說衣服這麼多，她不用自己再買。這天，她決定為自己買新衣。她要我看過才敢買。我說好，我知道自己品味不錯，可以給她很好的意見。原來她只是要買一條牛仔褲，另買了件伐木工人穿的紅底黑格厚棉襯衫。她說家人要她像個女人，穿裙子，一直不要她穿褲子，更不會同意她穿牛仔褲。

現在她偏要穿牛仔褲，她的第一次。卡其褲子她在大陸是整天穿的，但從未擁有過一條外國牌子的牛仔褲。

我看她，雖說不上時髦，但土氣一下子都沒有了。我宣佈她表現合格，可以加入香港女人行列。

她看了一下名牌運動鞋，但沒有買。我知道大陸人第一樣想買的奢侈品，不是太陽眼鏡，就是名牌運動鞋。她大概還沒有擁有過，我鼓勵她買一對，她聽話照辦，並堅持自己付賬。

回到新家，未幾床就送來。床墊還沒有拆掉封包的透明膠紙，我們就在上面做愛。我認為自己一直對她不錯，理所當然她會喜歡跟我做愛。完事後，她又用英文在我耳邊說：我愛你。

我沒有表示，本來禮貌上我應該說些話回應，但我沒有，我的沉默應足夠讓英潔知道我不認為要把愛扯進來。

我們不言的躺在后級床上，都沒有入睡，直至黃昏。

我本想一人獨處，但不好意思自己告辭留下英潔在新屋。我發覺自己很容易厭倦。連續兩天跟英潔在一起，我已有了重複感，提不起勁。為了打發時間，我建議自己煮飯。我從小跟屠家伯伯同住，就要自己煮吃。於是我和英潔去超級市場，買了廚具一大堆，加上白米、雞蛋、菜心、腐乳、薑蔥和油鹽醬之類，又在燒臘店買了油雞叉燒，為英潔新居的廚房開齋。

我又有點後悔在家做飯，因為太像同居、新婚、二人世界。英潔見我吃飯不語，以為我有心事，問：得志，你累了嗎？

我說：還好。

跟着我衝口而出：我明天要上船了。

她問：去多久？

我隨口說：這次是去中東，會去好幾個月。

她關心的問：會像奈及利亞一樣危險嗎？

我說：不會開槍，不過可能會射飛彈。

英潔給我逗笑了。我說：如果這麼幸運就應該買馬票。英潔作一個阻止我亂說的表情。

飯後我們在天星碼頭一帶散步。英潔穿着伐木工人大襯衫、牛仔褲和運動鞋，緊緊的偎着我。我已沒有感覺，只想好來好去，很文明的結束這次交往。

我好辛苦才找到一個話題，問英潔有沒有找工作的計劃。

她已經想好：每天送姪女上學，認識了一些家長，她們都在替子女找補習老師。小學的中英數，我可以應付。上午班補下午，下午班補上午，甚至晚上。如果安排得宜，可以是一條路。這是我暫時想得到的，也是能做到的。

我想：大概只夠付房租，但不失為一個起點。聽完之後，我更放心她可以獨自生存。

她突然指着港灣，問：你的船是哪一條？

我根本無船可上，不過馬上就回她：要坐汽艇去汲水門那邊上船，現在看不到。

我腦裏想起另一問題：英潔會不會有辦法知道我的行蹤？

答案是：不可能，大不了她找到寶怡，寶怡也沒有聯絡我的方法，只是偶然收到沒回郵地址的明信片。

事實上，明天我搬出老家後，自己也不知道下一步會在什麼地方，不要說永久地址，連通訊地址都沒有。

英潔的可愛之處是她不拖泥帶水，分手時她只拉着我手說：祝你一路順風，平平安安。

我說謝謝。

她摟着我直至電梯到了她家那層樓。她用英文在我耳邊說：不論什麼，我愛你。

「不論什麼」這幾字聽得我有點鼻酸。

我真心的用英文回答：謝謝你，你保重。

她用英文回一句：你也是。

我親她雙頰，她忍着淚走出電梯，再轉過身來看着我，直至電梯門關上。

她是個明白人，起碼她底子裏知道，像我這樣的行船人，幾個月變數很大，說不定有什麼意外，難保不碰到別的女人。我不回來找她，她一點辦法都沒有。她應該不會對我有所期待。

這是我喜歡的一種分手，不太傷感，沒有眼淚鼻涕，沒有承諾，明天來到，各自過自己的生活，友誼長存。

翌日我故意搬去香港銅鑼灣的怡東酒店暫住。不是我特別喜歡那酒店，而是因為尖沙咀人在銅鑼灣出現的機率不大。我在等托圖叫我歸隊。

我在行李中找出未用過的一張中東明信片，在後面寫上英潔地址和我短期內不會回港的簡訊，委託一個走中東水的朋友，叫他到了那邊後，才把明信片寄出。

十幾天後我加入托圖公司，往來東南亞和南亞一帶，而香港一直是基地，每次停留一天至一周不等。但說來奇怪，我再也沒有碰見過英潔。

我很滿意自己對待英潔的態度。這次經驗，證明我有堅定不移的意志，完全有能力掌控自己的感情。這是我十幾年來努力的成果。我不會用感情去枷鎖別人，自己也不會為情困。

我沒有機會告訴英潔關於我生命中的另一段，如果她知道那段，她會更瞭解我如何變成現在的我。我沒有跟她說到義勇軍太太安妮與我之間的事。

從中四到工專畢業，每年義勇軍主辦青年營，我都會去當他助手，自然也會碰到安妮。她熱愛戶外生活，剪了個短髮，常穿短褲，活力像男孩。她臉上有幾顆黑痔，和無數的小黑斑，大概是太陽曬得多的緣故。她給我的感覺是有點髒，衣服邊掛了一條線頭、底褲框冒在外褲上、乳罩吊帶歪露在肩、襪子穿了洞。不管怎說，她是一群大男孩中唯一的女孩，又是我們的阿頭的女人，自然受到一定的注意。

可能是童年的影響，我喜歡跟着年紀較長的義勇軍，而他也視我為細佬。那時候我完全以義勇軍作為我榜樣。

至於安妮，我從來沒有非份之想，說實的，也不懂得去這樣想。性方面我是遲熟的。

直到進了工專後。第一年暑假青年營，大夥吃飯的時候，我晚了一點到場，看到義勇軍那桌，安妮旁邊有位子，便一把坐下去，完全坦蕩蕩。吃了一半，我的腳不慎碰到安妮的腳，我把腳移開，卻覺到她的腳靠了過來。她短褲之下的大小腿，加上赤腳，貼住我同樣赤裸的大腿小腿和腳，整頓飯都沒有分開。

這頓飯令我完全迷失。她是故意的，還是無意的？是性挑逗，還是沒有情慾的熟絡？會進一步發展，還是一次了？我應主動找她，還是靜觀其變？

離開飯桌後，她一點表示都沒有，連目光都沒有跟我交接，好像什麼都沒有發生。我從來沒把她當成性對象，可是現在想到她我就有性生理反應。她從不是我認為漂亮的女人，現在我整天只能想着她。

第二天吃飯的時候，我不由自主的把握機會，坐在她旁邊。我要證明昨天的事確曾發生。果然，當大家好好坐下吃東西後，她把腳靠過來，輕輕的摩擦着我的腿。我知道一切是真的，絕對錯不了，不是幻想，沒有誤會成份。後來，她把赤腳板踏在我的腳面上，一直用腳趾在鉗我的腳趾。

我發覺一天之內，我完全變了另外一個人，好像另有物體走進我體內把我控制，什麼朋友之妻、有夫之婦，一切都拗不過一個青少年的性慾望。我只想和安妮在一起，就算只是親親嘴、抱抱也好。我還不敢幻想跟她做愛。我當時完全沒有性經驗，連跟女人親嘴、擁抱都沒試過，做愛是太遠的妄想。

我一直渴望一個讓我接近的女人。可是環顧身邊，連一個有可能讓我親一下的都沒有。

我沒想到安妮可以是這女人，直到她主動用腳把我驚醒。

可是，飯後，她又跟平常一樣，看也不看我。玩遊戲時，她也毫無心理障礙，要瘋就瘋，要贏就贏，就好像其他男孩子一樣。就算身體有碰撞，裏面一點性的成份都沒有。

只有在吃飯時，我們才發生腳的性關係。周遭坐滿人，我們下身腿部以下卻在二人世界裏幽會。她從沒有伸手下來摸我，而我試過一次，摸她的腿，她立即用手把我的手提走，好像褻瀆了她似的。

這樣的情況一直維持到我在工專畢業。平常上學，我們難得見面，到了假期有宿營，才有機會同桌吃飯。每次只要坐在旁邊，她就跟我玩腳遊戲，僅此而已。我整個工專最後一年，自慰都是以她為對象。她也是我身體唯一親密過的女人，雖然只限於腳部。

我嘗試過在宿營中找她，她根本不讓我單獨跟她一起，總是混在一群人之間。就算跟我說話，語氣就和與一般男孩子說話無異，眼神中沒有秘密，表情不帶密碼，說話的內容也完全是功能性的，如：今天你帶隊、明天早餐改成六點半。

如果不是畢業，我肯定會發瘋。

我考進英商太古輪船公司當電報生後，沒有了寒假暑假和青年營，就難得見到安妮。但我心中她依然是我唯一的女人。我們之間存着只有我們才知道的秘密，這秘密把我們綁在一起，叫我受不了。

我歡迎任何離鄉背井的機會，我喜歡船開動離開港口的感覺。

我很快失身。船到馬尼拉，機器房的幾個老手就哄着要帶我這個初哥去妓院。路上我看到一些蠻漂亮的菲律賓女人，還很興奮。但帶着我走的識途老馬們，為了省錢，找了一家很低級的妓寨。我記得走過暗暗的巷子，走進像籠屋的房子，被帶往一間暗室，裏面很基本，一張單人床，另外一支在滴水的沐浴花灑。有一個胸脯很大但其他部位也大的女人脫光衣服走進來。我慣了用纖小的安妮來自慰，看到這個膚色髒兮兮的巨型女人，不能勃起。她問我如何玩法，我叫她用手，她就幫我搓，也只能稍微硬一點。弄了不久，她在半勃起的陽具擠出一點精。我是第一個回到大門口，其他同事都不想第一個走出來。

之後的召妓經驗，好壞參差。我不想再任人擺佈，常獨自離群去尋歡。因為各地方文化不同，有時候走進一些外表很色情的酒吧，喝了一晚上的酒，還不敢肯定那些女人是否可以用錢買來陪上床。有一次進了黑店，給人敲竹槓要我付兩千多美元的賬，最後把口袋裏近一千美元都繳出來才脱身。幸而有些地方，賣淫就賣淫，訊息很清楚，交易很直接，有時候還找到一些蠻漂亮的女孩子，我的信心才慢慢建立起來。

安妮已不是我唯一的女人。她只是我心中的大問號，想到她，我胸口會突然發悶，像小時候睡午覺醒來的感覺，霧數煞。

在船公司做了一年，有次回香港，義勇軍進了醫院。我趕去看他，才知道他的腎出了毛病，導致其他機能衰竭，很危險。

那次我又做了連自己也不太理解的事。我向公司拿了長假，留在香港，每天去看義勇軍，其實也是去接近安妮。我跟義勇軍感情再好，光是他我不會無定期的留在香港。我不敢細想自己的動機，是不是希望義勇軍病逝，安妮會在無世俗牽掛之下，公開跟我重續未了緣？我不想承認，但這可能是唯一解釋，不然的話，為什麼當義勇軍渡過了危險期，我會感到失望？

我跟義勇軍的交情是過去式的，其實我們已走遠。有一次我去醫院看他、開解他，他突然說出一句時髦的美國話：愛是永遠不需要說你抱歉。這話來自《愛情故事》，是暢銷小說改編的好萊塢電影，想不到他竟拿來引用，好像裏面每個字都是真理。我一直知道自己對英文的興趣是來自義勇軍，始於他常引用的英文諺語。沒想到今天我已練得一口純英國腔，而他卻毫無分辨能力，隨便引用美國的流行語，而且屬於那種我們英國幫卑視的情情愛愛廉價傷感。我知道我跟他已離得很遠，學生已超越老師。

在醫院期間，安妮沒有給我任何表示。她好像只關心義勇軍的病情，和招待那些來探病的朋友。對我陪在旁邊的目的、心思，完全沒有注意，好像我們的腳從來沒有攪過在一起。就算有次在醫院餐廳，一群人喝咖啡，我蓄意坐在她旁邊，她的腳也不來碰我，是不是她忘了我們唯一的偷情方式，還是她已忘了我？未幾，義勇軍出院，卻經常要洗腎，安妮就這樣陪着他。

我已沒有藉口每天去看她，只得重新申請上班，很快就離開香港。

據說義勇軍一直熬了七、八年，經過無數次洗腎，終於去世，而安妮一直陪他到最後。他死後，安妮跟家人移民去了紐西蘭。

我到底想要什麼？跟一個比我大六、七歲的女人一起生活？她挑逗我，但一直守在丈夫身邊。如果她背棄了丈夫跟我一起，會開心嗎？我會一直這麼要她嗎？大概不會。以後來對自己的了解，我對每個女人都會很快厭倦。

想不到的是，義勇軍和安妮對我找到自己的人生觀很有貢獻。

首先，義勇軍這麼好的一個人，不抽煙不喝酒，每天運動，心情開朗又樂觀，竟然生這樣大病，不能再過他喜愛的戶外生活，四十歲不到就死掉，怎麼可能？如何解釋？人生有什麼意義？

其次，愛情是什麼？有還是沒有，似乎都在一念之間。不論有沒有，那煩惱都是自己找來的。就算有，也會過去，以我的情形，會過去得很快。對那些愛情消失速度沒我快的人，我會傷害她們，所以最好不要挑起。年紀大後，我甚至肯定愛情都是幻覺。

不過，我還需要多一點點磨練，才有這樣的領悟。義勇軍出院，我回船報到時，心情仍起伏不定，有點自責內疚，更有點無名憤怒，覺得受玩弄，心口好像被挖走了一塊肉。

船到泰國，我就上岸。我給的理由是抗議公司政策的不公平：電報員在船上應該是長官級的，一年來公司把我的職銜定為無線電助手，只是船員級。但長期以來，船上都只有我一個電報生。除非給我應得的長官待遇，我不幹了。這趟，船上兩個相熟的英籍長官也支持我，説會為我寫信給公司。因為我突然離開崗位，公司要緊急派人從香港坐飛機來替我的空缺。活該，我才不管。

我去了曼谷，住在廉價小旅館，想讓我幾股情緒平靜下來。

我買了一部盒式錄音機，躺在床上，不分日夜重複聽着李安納高漢的「著名藍雨衣」，這首歌是公司裏一名在牛津讀過的鬼仔導我上癮的，說什麼有一回他在巴黎聽到這歌，整個人像木乃伊一樣僵臥在床幾天不能動。我自此每趟自藺，就找「著名藍雨衣」陪。別問為什麼，我連那每字明白的歌詞也弄不懂。

我沒有立即找女人。因為我很清楚，如果在這裏我想要性，隨時可以找到，所以反而不急。

旅館住了兩名澳洲女孩，都不足二十歲，一胖一瘦，樣子屬於醜的一端，人很親和。每次碰到，都會說：嗨，好嗎？她們在等籌到旅費，就去印度，找印度教的聖人冥修。晚上，她們去市中心，大概是去賣淫吧。有次早上看到她們回來，還向把我炫耀昨晚賺到的美金。

有天我午睡，感到胸口重重的，醒來發覺胖女壓在我身上。她問：你要幹我嗎，免費的。她開始攬我，我由她攬。後來我又睡着了，直到瘦女把我弄醒，說：你幹了她，現在你也要幹我。

幾天後，她們說晚上就離開曼谷，問我要不要同行。我說我沒有其他地方的簽證，她說她們也沒有，不過朋友會幫她們攬定。我說好。

半貨半客老爺飛機去了印度德里，但只是加油，再飛去阿富汗的首都喀布。我問：不是要去印度的嗎，為什麼變了阿富汗？她們說：我們有朋友在那邊。

她們的一群白人朋友果然有辦法把我們從機場帶了出來，去到市區的一幢白灰色陋屋。裏面大概住了三十來人，都是白人，英美德法加澳不缺，男女參半，有兩個小孩，總共只有一個馬桶，一支沐浴花灑，都經常沒水。每個人毛毯往地上一鋪，整天躺着睡覺、看書、抽大麻或摟在一角親熱，餓了到市集去買燒餅吃，其他髒兮兮的當地食物只有幾個資深嬉皮才敢碰。在群體壓力下，大家都很酷，一副我自己快死也不在乎你還管我什麼的樣子。連那兩澳洲女孩也不敢太友善，以免被認為中產階級。當然，大家都調整了觀念，不太拒絕別人跟你做愛的要求，以免別人說你歧視，甚至覺得你的性觀念太布爾喬亞。

大夥一切都順其自然。有次我們去到郊外，露天抽大麻。有一輛車子疾駛而過，往伊朗方向駛去，不久折回。車裏面坐了五六個白種男女，其中一男的下車，把像磚頭般大小的包包，拋了給我，喊道：接住！跟着那男的就回車內，車開走前他如赴刑場般大叫一聲：我們去伊朗了！

那是在場所有嬉皮一生看過最大的一包大麻。伊朗抓得緊，不能帶過境。我們大概剛好在對的時間出現在對的地方。

也因為太自然，這批已誤期的嬉皮朋友雖然整天喊着要去印度取經，但卻不知何年何月才會成行。十幾天後，再沒有一個女的能引起我的興趣。更主要是我受不了沒水沖的馬桶。我一聲不響收拾東西，怎麼來怎麼走，坐飛機回了曼谷。

我不再為安妮迷惘了。曼谷和喀布把我完全醫好。在香港，性是大事情，在這裏，性如吃飯睡覺。我為安妮一點點的腳交而差點瘋了，何苦呢？興至則合，興盡則分，無所謂留戀，更無需佔有，誰都不欠誰。有時候要給錢才扯平，有時候免費各取所需，差別如此而已。

我以前因為得不到性，所以把性想得很複雜很嚴重，才會有困擾。

我自己悟出一套活在這一刻的想法。起初，我以為關鍵在「忘記」兩個字。好像安妮，明明跟我用腳偷情，是兩個人非常私人的親密關係，過後好像完全忘記了，面對我的時候，沒有一點尷尬，照樣把我看成熟人，全無心障，沒有一點男女情在內，這不是忘記是什麼？只有能忘記，才能堅強，才能無咎。

後來我發覺「忘記」不算是全面的解釋。因為我們的腳交不只一次，而是很多次，經歷前後幾年。每次我們先要若無其事的找機會坐在一起，然後兩腳自然會交錯，屢試不爽。這不是忘記，忘記了又怎會一而再的重複？

於是我稱之為活在這一刻。意思是，要親密的時候立即可以親密，不可以的時候就完全沒事一樣，不放在心裏。所有偷情都是真的，所有非偷情的時候也都是真的，都沒有延續性，過了就過了，未來的，未來再說。

我可以推想，安妮不只對我一個人這樣：她應曾對許多義勇軍身邊的男孩這樣，這是為什麼有幾個男孩長期留在他們兩夫妻身邊的理由，也是為什麼偶然有人會不辭而別或莫名其妙發脾氣而離開的背景。

但安妮可以開心活下去，因為她活在這一刻。只有想太多、不懂得活在這一刻的人才有煩惱。

看安妮後來盡心盡意照顧生病的義勇軍，就證明她跟許多男孩腳偷情，並不影響她履行妻子的責任，做一個有愛心的好人。我的猜想一定是對的，她每一刻都活得真實。我不再責怪她。

而且，因為她，我才會這麼快對「情」有免疫能力。活在這一刻後，我感到莫大的喜悦。我不再強求未來，也不沉溺在追憶。身邊有好東西，固然最好，我就好好享受。身邊沒有好東西，我就睡覺、呼吸，反正一刻就只是一刻，都是平等的。我不會像媽媽那樣鬱死、屠家伯伯那樣活在過去、爸爸那樣抱怨去不成外國。他們沒有活在這一刻，才有這麼多不快樂。

義勇軍是另一種提示。世事難料，不能太寄望將來，要活，就現在活。（我想義勇軍一直跟年輕人一起生活，做他喜歡做的事，也曾經真正的活了幾十年。）

當然，我不會像那些白種嬉皮般卑視物質生活。我這一代是貧窮過的，是住尾房長大的，我不要再回去。我討厭沒沖水的馬桶、沒水壓的花灑、或任何的髒。我明白最終一切是幻象，不可能永久，不需要眷戀。時間一到我可以什麼都拋棄。但當我有的時候，我不想作賤自己。心智上，我如出家僧，行為上，我是享樂主義者。

我跟船公司聯絡上，它已經同意承認我是長官級，我立即飛到新加坡上船。我可以用長官級的廁所，跟其他長官一起進長官膳，用英語交談。

如是兩年。我在船上學到的東西，讓我有了基礎去應付以後的工作挑戰。作為英式長官，我學會了紀律，參與了船上的規劃會議，學曉了寫有條理的報告和配套性的思想方法，並知道了如何去影響別人和什麼時候作妥協。空餘時間，我修了一些函授的會計、公司法課程。不知不覺間，我已進化為一個好駛好用的現代管理的後備軍。當然，我也學會了喝洋酒、打橋牌和召妓。

前後三年在船上，日子不算短，我自知是換軌道的時候了，但對如何踏出下一步，卻毫無頭緒。

那年是七八年，爸爸過世不久，我搬進他的房間，腦中在想如何寫應徵信、找怎樣的工作。一天晚飯時分，繼母和寶怡正在廚房煮飯，我照常自己一個人到外面吃。我先去加連威老道的太平館，沒位子，說是說馬上會有，我賭氣步行了十五分鐘，去到另一家太平館，在油麻地區女拔萃書院側的志和街和茂林街交界，竟然也客滿，我只好在門口等。我看到一輛紅色寶馬三二〇開過，到一間時鐘酒店門口，一個男人把鑰匙給了代客泊車後，向我走過來。他遞上一張名片，並問：張得志？

我定眼看他，穿了一件短袖蒙特嬌，手上戴金勞力士。我看下名片，名字是陌生的。我怎麼都想不起是誰，而人家卻叫出我的名字。正尷尬，他自動說：黑豹呀。他這樣說我倒是有印象，但無法把名字與樣子連起來。他急了，說：唔係吖嘛，咁都唔記得？我說：記得。他還以為我在敷衍他，我補一句：你住天文台道，同你阿婆住嚮地牢吖嘛！

他大樂：嘩，咁好記性。他指向時鐘酒店：嗱，我條女等緊，依家係咁先，今晚落來我鋪頭，久別重逢，飲番杯。一定要來呀。

黑豹是其中一個從來沒有零用錢的小孩。有時候我在士多店碰到他，他就會在旁邊指指點點，說這個好吃，那個好吃，好像店他也有份一樣。如果我聽他意見買了，總得請他吃一點。我記得請過他一起分吃一條用透明膠紙包住的巨型日本香腸，而另一次一人一瓶的喝光特大裝的可樂叫得寶可樂，兩人都差點脹死。

如果沒記錯，初認識他的時候，他不是叫黑豹。這綽號是後來的，套自六六年足球世界盃出盡風頭的葡萄牙前鋒尤西比奧。說起來現在的他跟尤西比奧還真像，頭小身大，很黑。我有一陣子常到天文台圍崛頭巷的爛地，跟黑豹一幫玩在一起，到天黑他的阿婆就會來找他回家。後來爛地建大廈，我們就很少一起玩。我想大概中二之後，就沒見過他。

我連他小時候的樣子都忘了，更不會認出他現在的樣子，只有黑這一點是標誌，還有他的綽號。從他現在的言行衣着，大概是有點偏門，不過好像活得比我好。我決定晚上去他的店看看，我用英文對自己說：我又有何損失？

他的店就在尖沙咀。我以為是家小酒吧，一進去才知道是時髦之地，從客人的衣着可以看出。黑豹把我帶到玻璃間隔的包廂，裏面坐了十幾個男男女女，黑豹向全部人介紹我：張得志，我書友，高材生。他不介紹其他人，倒了一杯拿破崙給我，一杯給自己：嗱，係死黨就飲勝。我們乾杯。

他問：地方點呀？

我說：好靚，你開嘅？我有點難以置信。

他說：有點份咁啦，老友叫到咪做點囉。這樣就含糊過去。我們又乾一杯。

他問：嚮邊度發財呀？

我說我在太古輪船上做事。還沒說完，他就接說：嘩，洋行工，大公司，好世界啦。他說好世界啦的時候，向我打了個眼色，好像說他明白我的財源，但大家心照不宣。我敬他，又乾一杯。

有一名個子小小胸大大的女孩子走進來叫黑豹：刨哥。黑豹站起來，準備走出包廂，臨走指着我對女的說：叫張生，我書友，高材生，太古洋行。我站起來，禮貌的跟那女的握手，自我介紹說：張得志。女的說了她的名字，我聽不清楚，說：對不起，我沒聽清楚。那女的一臉不悅，假假的笑一下，不理我就跟黑豹走出了包廂，剩下我對着一票不認識的人。不過，那些人大概也不是一夥的，分幾堆各顧各在談話。我身旁那個中年人好像也不認識其他人，自顧自的在抽雪茄。我坐下，自己再倒了一杯酒，旁邊抽雪茄的突然對我說：你不認得剛才那個女的？她就是藍玉媚。我還是一臉迷惘。雪茄人解釋：人哋係電視藝員，仲拍埋電影添。

怪不得剛才我說沒聽清楚她的名字，她就不開心，她以為全香港的人都應該認得她。偏偏我那時候是幾乎不看香港電影，更不要說電視了。回想起來，七十年代的港片也夠爛。後來出了新浪潮、新藝城、成龍、洪金寶、徐克，我在錄映帶上倒看了不少。不過很多名字還是弄不清楚。記得有一次跟香港人聊天，還把梅豔芳說成梅芳豔。至於電視，我長年不在港，免談。

雪茄人繼續向我說話：你嚮太古邊個部門呀，電視都冇得睇？

我解釋：我是在太古輪船上做事的，常不在香港。

他興趣提高，問我可曾到過非洲？我說去過，他說：我一年有九個月在西非，不過香港發生什麼事，我都知道，一個人總要有一條根，叫做寄託。

他一開始說話就說不停，理論一大堆，也不管我是否有興趣。從來我才知道他另一綽號是口水黎，又從口水不知如何演變成有色情味的小小黎，不過他最著名的綽號是雪茄黎，他自我介紹的英文名字是SID，姓NEY。我可以認不出藍什麼媚，但我竟然聽過雪茄黎的名字。只要船挨近非洲，就逃不掉會有人說起雪茄黎，就如談到奈及利亞，就會有人帶到查濟民、董子英等名字。

雪茄黎大概發覺我對香港現況知道得太少，反而以香港人來說，對非洲的事算是知道得比較多。可能他明白行船人習慣了離鄉背井，什麼地方都敢去，當晚他問我可有興趣到西非跟他做事。

當黑豹在外面走了一圈應酬完再回到包廂，雪茄黎當眾誇獎我：阿刨，你朋友見識豐富。

黑豹特別高興，覺得很有面子：梗係啦，我書友，高材生，我地死黨來㗎，依家嚮渣甸打洋行工，叻仔呀。我沒有糾正他說我不是在渣甸，是在太古，我也沒問他，我們算死黨嗎？他的綽號什麼時候由黑豹演變成阿刨，刨哥？

包廂外，兩幫酒客打起來，黑豹衝出去，飛身和其他睇場把場面壓下去，並攆走其中一幫酒客。雪茄黎嘟囔：冇事冇事，繼續跳舞。

如果不是賭氣去女拔萃旁邊的太平館，我不會重遇黑豹；不到他的夜店喝酒，不會碰上雪茄黎，不會去了非洲。當然，每一步都是我自己選的，我可以掉頭就走，以後的路就完全不一樣。雪茄黎問我要不要去奈及利亞，我可以一口拒絕，不過當時我想：我又有何損失？所以我說可以考慮，最後真的去了。

六年後我終於離開非洲，因為我已經完成了所有的教育，長大成人。三十歲那年，我選擇辭別雪茄黎，去跟隨托圖。

我走後雪茄黎繼續眷戀光輝的日子，在奈及利亞再多呆了八年，從一元「奈拉」可以換兩美元，到一美元對一百奈拉，終於徹底失望，才撤回香港。

六十年代末雪茄黎去奈及利亞的時候，當地商圈是江浙幫的天下，在首都拉各斯或夏闊港開廠，製造輕工業品如搪瓷、成衣、皮鞋、電池、紙盒、鐵皮屋頂，供應全國近一億人口，和附近國家如客麥隆以至乍得。其中搪瓷更流行一時，遠到熱帶叢林都有需求，原始部落當它是寶，拿來作嫁妝。雪茄黎認識一個上海幫少開，知道一點關於奈及利亞的情況，就幻想開闢處女市場，真的可說是拿着皮包和牙刷就去了。開始的時候很辛苦，沒有資金，只能替江浙幫打工。但雪茄黎的運氣跟奈及利亞同起同落：七十年代油價暴漲，而奈及利亞唯一多而值錢的是石油。一時間跟石油有關的人，那些政府官員和支持他們的軍隊，暴發起來。有本事的當地生意人（主要是中國人）也做什麼都能賺。雪茄黎時來運到賺到第一筆資本。他在不同的廠參股，又做進口，反正消費品供不應求；他包起輪船來運貨，進而自己買船。

因為一下子太多貨要運進太多錢的奈及利亞，拉各斯港嚴重堵塞，有些貨船在港口等了九個月，才有機會卸貨。雪茄黎好像先知一樣，跟港口官員的關係弄得最好，又自組了港口保安公司，駁船隊，卸貨苦力大隊，貨車隊，把廉價的黑人變了有價的勞工，顯示了超人的組織能力。更重要的是，其他商人，不管是做進口還是做工廠，都有求於他，以便貨物能提早從船卸下及運到目的地。雪茄黎不是省油的燈，他知道什麼時候可以張大口亂咬，所以很多華商心裏都在罵這個口抽大雪茄的新發財，但表面卻要跟他做朋友。他家產還遠不如一些大戶，那些查、董、李、張等。但他名氣，特別在港口運輸界，卻被吹得很大，變了傳奇性人物。

我到奈及利亞的時候，經濟還在高峰，但驟變將臨。我不是指政治上的權力更替，那是很平常。自從英國人撤走前，把這塊有二百五十個民族、三個主要宗教（回教、基督教和天主教）和無數原始薩滿宗教的土地，併湊為一個國家後，政治注定不會穩定。而因為不安定，各族精英份子皆只顧短期自肥利益，無心好好服務國家。貪污變了習俗。只有軍事強人的暴政才可以強勢的威臨全國，直到他被推翻，另一個將軍或少壯派軍官上台為止。

我指的是石油價在八十年代暴跌。奈及利亞幾乎一夜失去了創匯能力，就如敗家子終於把最後的遺產花掉後，下來就是做乞丐。

七八年時，雪茄黎的財富和聲望如日方中。他有近百項大大小小生意在進行，要我去整合一下，沒有合約的補合約，沒有會計制度的就引進會計。雪茄黎知道他要把文件補好，把賬做對，以便進入下一階段，跟國際的機構投資者打交道。我不想說他是發財立品，因為他自己花很多時間在賺黑市美金的錢，如何把貨運到鄰近國家，以美金結算，把錢偷運回奈及利亞，在黑市變賣換回「奈拉」，再用滾大了的「奈拉」去請工人，買原料和賄賂。

我跟他學到很多。我是他秘書，尊稱特別助理，主要處理文書。但光是在旁邊做記錄，也可以從他身上學到許多談判技巧、生意設阱。

他沒有虧待我，經常發獎金給我。他喜歡去蒙地卡羅賭錢，常找我作陪，跟他玩好像做皇帝一樣。他招待奈國軍政關鍵人物去歐洲旅遊，當然更少不了我這個跟班，讓我看到錢可以買到的奢華。

我的性需求都是去歐洲解決的。聽說除了一些變質的老華僑外，華人是不會找黑人妓女，表面理由是說她們髒，或太醜，更可能的是她們太便宜，去攬黑女人顯得很丟臉。我們在拉各斯歡宴黑人軍政要人的時候，都只請他們來中國餐館吃魚翅鮑魚，從來不找黑女人作陪，因為黑人會認為這麼廉價的東西怎麼可以搬上台來招待客人。要色誘黑人，就要請他們去歐洲找白女人。華人工頭們有需要，也寧願去找進口的菲律賓女人。

可能是因為這種社群成見，開始的幾年我沒有好好的看過黑女人一眼，想都沒想過去碰她們。

到我離開前一年，我的感覺才改過來。我們華人管理層大都是住在城裏依可亞區的「政府住宅區」，即政府官員聚居的地區。而華工們則住在工廠附的宿舍。一般都不敢亂跑，每天打麻將，或後來有了錄影機就看香港寄來的帶子。老闆的家人則留在香港或洛杉磯。我算是離群之馬，但也不會到處闖，只一個人去較高尚的維多利亞區，到國際級酒店喝咖啡，買報紙，和看我的足球雜誌、紅酒書。有天我在假日酒店，看到一名英國人帶着黑女人上房，我心想那個女的是高級妓女。我繼續喝咖啡，看我的書，不久，那女人就下來，走過咖啡廳，我眼睛跟着她，心想：這麼快就做完。我突然想，我可以走去問她願不願意再做我生意。不知為何，這個念頭令我有性反應，而在我眼中，她越來越性感，走路姿勢、身型、嘴唇，都變得很誘惑。我要很辛苦才壓制了自己不走過去，而後來我懊悔為什麼不走過去。

自此之後，我如開了另一隻眼，看到很多性方面吸引我的黑女人。可惜的是我在奈及利亞最後的一段日子，事情很煩很亂。我一直沒有上過黑女人，除了在我的幻想中。

八三年我已經想着要離開。不錯，雪茄黎是先知型天才，甚至是神，但正因如此，他下面的人都沒有自由意志，只能跟着他的神旨做事，絕不能自作主張。從我看來，他生意越做越多，根本不可能兼顧，而他還以為自己全知全能。他在非洲的管理團隊，都是香港人，但這些香港人沒有他的直接指示，手指都不會自己動一下，免得多做多錯。更可悲的是，他們也不會主動把問題反映上去。慢慢雪茄黎的整個運作出現很多洞。

就算只聽指示才做事，他們還是整天挨罵，因為很難達到雪茄黎心目中的要求，尤其是當他的要求經常改變而自己不察覺。雪茄黎罵人的字彙是非常豐富，而且像以油撲火，越罵自己越氣，就罵得更厲害。

他沒有嚴重的罵過我，因為我一般都能令他滿意（也是完全跟他的指示去做的）。我真的受不了的是，他每次罵人，都要身邊所有人做旁聽，而我是旁聽次數最多的。雪茄黎出名口水，罵起來沒完沒了，到了最後幾個月，我簡直忍受不了再聽他罵人。我不是給他罵而要走的，我是給他悶走的，給他口水淹得無法呼吸。

非洲我也不留戀。這是一個你不能睜大眼睛什麼都看的地方。你只能選擇性的看、做自己的事。如果你放眼亂看，你會很不安，各種的苦難就在你身邊。你要學會視而不見，無動於衷，打你的麻將，看你的港片錄影帶，日子才能過得下去。

七十年代初，東部天主教的分離份子成立比亞法拉國，聯邦軍封鎖了那地方，結果發生大饑荒，餓死了兩百萬人。今天，較小規模的人為災難無日無之，是一個不可能太平的國家。

我是喜歡英式花園的人，整齊的草地，人為的玫瑰花床等等，一切有秩序、清晰、受控。不過身為香港人，又是中國人，我可以容忍中式山水，峰迴路轉的佈局、隨風而擺的垂柳，青苔爬上石階隨意的綠着，有層次的紊亂，不清的水。

我懼怕的是沼澤及熱帶雨林，今天清理好，晚上一陣雨，明天又恢復森林狀態。人為努力留下的痕跡，來不及拍照留念已經給湮沒了，所有的秩序又歸混沌。

沒有東西可以稍為保存：嶄新的房子馬上腐蝕，鐵一下生銹，紅酒隔夜變酸。

當然，我也知道沼澤及雨林有它自己的生態，一對受過訓練的眼睛可以看到各種食物鏈和依賴關係，本可以永續發展，但是我們外人闖進去，不是給吃掉毒死，就是把生態破壞。

奈及利亞已不能回到奴隸貿易者和殖民者未到以前的部落社會，它是一個非洲強國，生態已變形，現代的原始人更險惡。英國園丁知道管不了，就撒手而去。中國人到此一遊，衣錦還鄉。沒有人可以阻擋異型雨林的反撲。

奈及利亞黃金機會已失，八十年代油價大跌後，華商在該處的生意都只是雞肋。早來的一批，把錢轉移回香港；聰明的，也應早點收拾一下，趁好收手。雪茄黎在別人放手的時候，把人家吃過來，趁機擴充。到底是奈及利亞令他有今天的財富和聲望，是西非成就了雪茄黎這號人物，否則他什麼都沒有。所以，他拒絕相信大勢而去，奈及利亞回天乏術。

最後令我下定決心的，還是雪茄黎。當地華商做生意平常是各自為政，但總有些時候，人家以一個族群來看待你，所有華人就逼着坐在一條船上。好像那次沼澤部隊竄進首都，要跟中國人談好處，這種情況，大家就會推雪茄黎做代表，而一般他都樂意出面。

不過那次跟沼澤部隊談判，他一開始就很強硬，有些地方連我都覺得太霸氣了。是他把氣氛推到極壞，高高在上把對方訓了一頓，這些剛離開原始部落穿上制服的人，會覺得受侮辱。最後出現槍擊事件，我可以就此喪命。

我活着，大家可以冇事，冇事，繼續跳舞。但我跳厭了。我以家人不讓我再留在奈及利亞為理由而辭職，雪茄黎信以為真，勉強讓我走了，其實我也只剩寶怡一個家人。

他當時其實很需要我這樣的助手。那年，他正在推動一生中最大的一個項目，而托圖代表的中東資本也就是答應投在這個項目上。雪茄黎認為奈及利亞雖然「家道中落」，不過很多人的家裏還是有錢的，所謂藏在枕頭底那種。這些都是「懶着的錢」，不加利用則毫無建設性。如果能叫每個人把錢拿出來，集中運用，可以讓市場活起來。若放在急需的基礎建設及工業上，可以為國家創富。

這本來也是銀行的功能，可是當地人對國內銀行和政府毫不信任，不願意把錢存進銀行。所以雪茄黎就想出一個辦法，為了可信性，先在歐洲或美國（最好是歐洲，美國比較敏感）買一家小銀行，然後憑他通天關係説服當權者發一種特殊的執照，認定這家銀行可以在奈及利亞做某種經營。因為法例説不能收存款，雪茄黎就用一招以個人名義開單位基金戶口的方法，去吸收民間的錢。本來應是好計劃，有了錢就可以在當地投資，改善經濟。當然部份錢難免會流到私人手裏，而最後集到錢説不定不投在當地，而投向別的高回報地方。不過當初他規劃時，倒一板一眼，很有抱負。

雪茄黎花了很多時間推動他這項畢生代表作，連業務都不太管，而托圖那邊也接洽了幾家小銀行，一切等綠燈。

我是第一次不同意雪茄黎的看法。跟他最要好的獨裁當政者布哈利樹敵太多，政權不穩。這種枱面上的項目，太受注意，很難滿足所有既得利益者，不可能人人都分到一杯羹，總是會有人眼紅。就算單位基金吸金成功，各級的貪婪官僚的小動作就更多，他們會滿足於我們給的蠅頭小利？

我們計劃得越好，行銷越成功，民間的錢越願意放進來，我們的風險越大。這點，我都寫在營運計劃書的政治風險一欄裏，雪茄黎也沒叫我刪掉。至於他和投資者有沒有細心看，就不是我份內的事。

我走後翌年，總參謀長巴班紫達發動政變奪得政權，支持他的包括那支沼澤部隊。

雪茄黎並不死心，繼續推動這項目，八年後才承認失敗。

八四年那個星期天上午，托圖在文華酒店咖啡室邀請我同去溫哥華，還花了一小時來說服我去跟他共事：如何有前途，如何日本人錢太多放手讓他去挑項目。他如何看好亞洲太平洋地區，決定投入休閒房地產業，溫哥華的高爾夫球場只是一個開始，並已經在規劃域士拉一個新的滑雪場。

翌日我們去溫哥華。仲介這個項目的是幾個以前做財務的香港新移民，他們求托圖給他們一筆可換股的債券，所以很巴結托圖，事成他們私人都可以拿經紀佣。合作的條件早就談得差不多，托圖只是例行公事盡責去看一眼。他已委託一名當地英裔律師代表我方，與對方的華裔律師理清債券協議的法律細節。我則和對方負責財務和規劃的成員，把計劃書和財務預估的基本數據和內在邏輯細看一遍，並檢證各種政府批文和公聽會記錄，開了幾晚夜車。我把看法告訴托圖：

移民加拿大的香港人，選擇去多倫多那邊的，多是壯年中產階級專業人士；他們要找工作繼續謀生，先分期供房子，收入除稅後，可揮霍的餘錢不多。至於溫哥華，許多是帶了錢去退休的，或口袋已經有錢的半退休人士，休閒事業應有可為。我算過，投資在高球場的內部回報率，剛達到我們自己定的標準，不算特別肥甜，也不是不能做。當地已經有不少高球場，所以入會費和月費將來也不可能拉得太高，不像香港那樣。

托圖完全同意，他沒有寄望這項目有暴利，他要把各投資項目做分散式的佈局，好像溫哥華這麼熱門的地點不應缺席。

他早已決定投進去。我的報告和許多調查工作只是例行公事。決策者的最終決定往往是主觀的。做最終決定的人才叫生意人。

唯一有點令他擔憂的是，計劃中的球場地中央，有幾十棵老樹，公聽會上有環保團體表示關注。托圖認為在溫哥華，這種事可大可小。他要求把這項憂慮寫在合約裏作為條限，憂慮解決，條限拿走，合約才生效。他把球擲回給那幾個香港中間人。

那批傢伙解決問題的方法，絕非我這樣的人能想得到或做得出。他們其中一人跟當地的消防員混得很熟，是什麼消防基金的副主席。也不知道他怎麼搞，某一晚上，他動員了某一分局的全體消防員，把計劃中高球場上的老樹摸黑全數鋸掉，連根拔起，再用泥土填洞，並鋪上新的草皮。這樣，再不存在環保的對象，也炒不起環保的議題。

行動成功的消息轉來時，大夥正在溫哥華以北約三小時車程的滑雪勝地域士拉一間大酒店套房內。五個香港人，加上托圖和我，還有七名白種妓女，十二瓶七五年的拉米松奧比昂和兩瓶麥冧級特大號的六一年拉圖。

那五個香港人收到電話後，齊聲歡呼。其中一個對着托圖用自豪的語氣說：條限已拿走。

大家開始敬酒，來回的乾林打通關。托圖陪大家瘋了一陣子後，就說：紳士們，恭喜，謝謝你們的酒，我明天跟腳踏車教練有早約，我先告辭休息，晚安。

他走出門的時候，我聽到其中一個香港人低聲說：屎忽鬼。

酒精已經開始作用，繼續是歡樂今宵。十二瓶七五年由七男七女分喝，本來不多，不知是否乾得太快，十二瓶未完，男的都已搖搖晃晃，而一瓶六一年麥冧拉圖在兩隻水晶瓶裏，另一瓶在原瓶裏打開了透氣。

其中那個跟消防員熟的香港人，是英雄，今晚可以任意妄為。他拿了喝紅茶用的白砂糖，把糖倒進裝着六一年拉圖的水晶瓶裏，笑着說甜一點更好喝。沒人制止他，都在傻笑。他倒了幾杯白糖紅酒遞給那幾個比我們清醒的妓女，對着她們說起廣東話：利賓納呀，利賓納呀。

我搶救了他沒有加糖、還在麥冧瓶裏的六一年，躲進浴室裏。大概女的供過於求，有兩個手拿紅酒杯跟我走進去。我替女士倒酒，自己卻沒有紅酒杯子，而浴室裏的水杯像屠家伯伯裝假牙那種，我不用，拿着麥冧瓶子把酒倒灌進口，將六一年拉圖當作得寶可樂來喝。

我只記得灌了幾大口之後，用最硬上唇的英文說：本來可以再等幾年。兩位女士異口同聲回應說：不！之後發生什麼我不記得了。

回香港飛機上，托圖對這項完成的交易幽幽的說：很遺憾地，他們可能正是合適我們的生意夥伴，很遺憾地。

我最喜歡托圖這種英語表達方式，那種曖昧和機鋒，我靈機一觸隨着用英文說：對，起碼他們把事情弄好。不過，社交上，我希望我們的途徑將永不交叉。

托圖大概頗欣賞我這句，他翻一翻眼說：天不容許，我確實希望不會。

到香港後，我先休養一晚。翌日替沈英潔租了房子，助她獨立生活，跟她說我要遠行，沒有歸期而告別了這段關係。自己搬到怡東酒店，替托圖籌備香港的辦事處。有人建議設在梳利士巴利道一個新建的「中心」裏，我怕太近尖沙咀，力陳九龍的不是。當然像托圖這類老香港鬼，是寧死都不願搬到九龍，我的話自然聽得進去。我們的日本後台，不願付太高的租金。我們租不起置地公司的物業，又嫌金鐘太新發，終於決定搬至維多利亞公園東側的一幢新寫字樓大廈，以該地區每方呎較低的租金，換取較大的寫字樓面積和有司機的公司車。主管房間還是有維多利亞海景。

我們大部份時間穿梭在亞洲各地。先是坐頭等艙去首都，住進五星酒店。然後坐小飛機、直升機或吉普車，去些偏僻地點。我們主要想開發度假區，在最熱門的旅遊點之外，發掘新的沙灘或山野風景區，再在旁邊建些別緻的精品店式度假酒店。

另一條生意線是在各首都建三星至五星酒店。我亦因此終於正式去了印度的德里。托圖嘗試打破當地的酒店壟斷卡挑，開一家真的國際水平五星酒店。

托圖是我的文明進修課指導老師，不單讓我嘗到了最好的黑海魚子醬、意大利白菌、法國鵝肝、日本水泡魚、松坂和美國頂級牛肉、糖心網鮑、暹羅燕窩，還對各類室內精品如廁所潔具、廚房設備、門鎖、燈飾、中東地毯、意大利傢具等有了概念。

以一個英國人來說，托圖有這樣的品味和眼睛（也包括舌頭、鼻子），算是難得。不過他會看情況而眼都不眨的說：我有法國血統，我有意大利血統，我上生是日本人，我前世是中國人。

托圖不單是個享樂主義者，表面保持着品味和見怪不怪，其實他更是機會主義者，順勢和應變的投機者。如果當年由他代表英廷到中國謁見滿清天子，為了通商利益，他會要求跟那些乾隆、嘉慶、道光、咸豐等，另闢密廳私下見面，在那裏他會欣然下跪。當然，大庭廣眾時，則要死撐一下面子。軟來不成，也不吝調動炮艦。

現在我們在東亞、東南亞和南亞做不動產開發，各地關卡不同，托圖通通當作不同的遊戲。他在不同地方用不同的遊戲規則做事，該花錢就花錢，該說肉麻話就說肉麻話，他稱此為專業。

我們進場，我們搞清楚遊戲規則，我們有時候順規則而玩，有時候犯一下規，偷快幾步，有些情況甚至要求遊戲跟我們的規則來玩，那一般是用合約細文的巧安排來設阱。犯規最好是暗的，訂新規一定是明的，無論如何，絕不能沒有遊戲規則。

總之，我們把事情弄妥，目的達到，我們就離場回家。

永遠不要愛上自己的項目，托圖如是說。

我想像我們像兩個騎士，每到一個地方，展示我們的身手，讓人人看到我們的風範，夕陽西下之前，我們就拋下愛人策馬達方。

有次我跟托圖說起騎士的想法，他笑我太唐吉柯德，而其實我們更像卡夫卡小說《城堡》裏墜在五里霧中的主角阿K。我不認識唐吉柯德或阿K，不過大概有點知道他的意思。我覺得是印度的項目令托圖累了。

德里的所謂高級酒店，又貴又沒水準，但是業者與官員打弄通，新進場者拿不到營業執照。我們花了時間、也花了錢跟官員打交道。在印度不論跟哪一級官員交手都是要給錢的，那是全世界最龐大的官僚體系之一，可是拿了錢不保證把事情做好。結果什麼都沒有發生。托圖已經找到了地，但他不敢肯定最後會否拿到開業執照。我問他：官員不是說，先給建造執照，待建好後，再看是否發開業執照？托圖說，到時候我們就任人宰割。

我問：那些官員不是說到時候一定按章秉公辦理？

托圖回答：永遠不要相信印度人。

這就是托圖，人生經驗令他心裏充滿偏見。除印度人外，我聽過他說永遠不要相信阿拉伯人、永遠不要相信猶太人、永遠不要相信上海人、永遠不要相信台灣人、永遠不要相信中國人、永遠不要相信共產黨、永遠不要相信生意人。最妙的是他有次說：永遠不要相信英國人。唯有那次他還要做補充的說：「太極，我是說真的。」

可信不可信、真的假的，托圖喜保持曖昧。有時候他說：讓我們這次玩公平和方正的，跟規則做事。另一些情況他就說：忘掉那些規則，否則你那裏都去不了。當他沒有強烈想法時，就說：用耳朵玩，意即睇下點、見機行事。反正，任何討論結束，都得由他說最後一句話，他的智慧語錄。

在他的英明領導下，兩年半內公司由三個人變了三十多人，每人每年產值賬面上平均五百萬美金。我記得首兩年，我的年終獎金頗可觀。

我的個人戶口開在一家美資銀行，存款來往定期外匯信用咭自動轉賬保險箱都在那，我可以放心走遍世界。

也只有這條線索，我妹妹寶怡追蹤到我。每隔一段時間，我總會去銀行調理一下財務安排，轉一下錢的用途，或用保險箱。這次，一個泰國承包商送了一隻鑲鑽的黃金手錶給我。這樣的錶我絕對不會戴在手上，唯有放在保險箱。裏面已經有另兩隻鑲鑽黃金錶，一隻是雪茄黎送的，另一隻是溫哥華高球場項目成交後，那些香港經紀送的。那天。我用完保險箱，順便在銀行辦些定期存款，那經理就從辦公室走出來說：張先生，你妹妹來過找你幾次。

寶怡找我什麼事呢？房錢她早已匯到我戶口，一分不差。我立即打電話，她竟然在家。略說了幾句例行話後，原來是沈英潔曾去過我原來住的地方幾次，碰巧寶怡都不在，留了字，上面寫了電話。寶怡見字條多了，代我回電英潔，兩人碰了一次面。英潔問寶怡我什麼時候回港，寶怡說不知道；問有什麼聯絡方法，寶怡說沒辦法。英潔很客氣的道謝之後就走了。

我問寶怡是多久以前的事？寶怡說快兩年了。並說：英潔當時好像懷了孕。

上個月，寶怡發覺信箱有一份公文信封，內有港幣三萬元，是沈英潔請寶怡轉還給我的。所以寶怡一直通過銀行這個唯一窗口在找我。她問我怎麼辦。我說，把錢存到我的戶口不就成了。

那是英潔還我借她的六個月房租錢，和三個月的訂金，加共約十厘的兩年利息。她就是這樣清清楚楚，現在我們誰都不欠誰。

她為什麼會懷孕？先不說根本可能與我無關，是別人的。但就算是跟我的話，唯一就是那天在新房子那張還被透明膠紙封住的后級床做愛時，她事前沒有吃避孕藥。但我們不是訂好了遊戲規則嗎？本來我願意用套，她堅持說由她來避孕，這是我們的默契。如果她沒有遵守，追究責任應是在她，不在我。我希望她已經拿掉，不然的話，要養房子，又要養孩子，也夠吃力，起碼要把尾房租掉。不過這些都不關我事。我已經幫她很多了，又不是我害她懷孕。再說，我也大可不必操心，兩年之間，她有能力把三萬元還我，大概環境已不錯了。

很快我就忘了英潔。再想起她，是十年後的事了。

先說回八七年，我腦中只在想：托圖到底發生了什麼事？

有次在芭里島公幹，他說：我以後在這裏退休。後來我問他：你為什麼想長住芭里？他說：我有荷蘭血統。又是一個曖昧似是而非的理由。

是印度令他沮喪。那前英國殖民地，皇冠上的明珠。花了三年工夫後，他宣佈撤退。大家都不解，土地都已經投了錢，突然喊停，理由呢？怕拿不到執照。托圖說：就算上蓋做好，還不能肯定是否可以營業，幹嘛把好錢掉在壞錢堆？日本投資者方面，有些人因此對他很不諒解，認為他的決定非理性。日本人最不喜歡改變或放棄計劃。

多年後，事實將證明托圖是對的。後來有人在德里投資高級酒店，內部裝修都造好，執照就是發不下來，一直空置到今日。

但以後的對不能改變當時的不歡。日本人對托圖已經有了意見。托圖可能累於事事向一些比他笨的人解釋，也可能他真的老了，突然心灰意冷。我見過這樣的個案，我父親就是一個例子，股票失敗，意志消沉，健康隨而消失。

我用了幾個月的時間，不讓托圖棄船。不過托圖比我快，他知道我藉故去日本見投資我們的財團，就跟我說，他已經跟日本人談好解約，不會改變，我去日本，正好可以幫他去把細節交代清楚，而且，日本人說不定會找我替代他的位置：我是其中一個候選人，叫我努力爭取，但他不方便替我說話，以免幫倒忙。

我想，我已經太明顯是托圖的人馬，靠山一走，豈不是任人開刀？日本人一定不想托圖還有勢力在公司，怎會讓我這麼年輕的人做頭？而且，想深一層，托圖一定安排了黃金握手，我跟進不吃虧。

於是我鄭重的對托圖說：你走，我也走，我們是夥伴，共同進退。

他說：太極，不要逞英雄，我今次不是跟日本人在討價還價扭計，我是走定了；你也不用討好我，因為我下一站要去的地方，沒你的份；我退休去了，以後你的死活，我都不管。

我說：我對日本人和他們的集體開會又感冒又厭倦，讓我先跳船吧！不要拉着我，不要拉着人，我寧死都不再跟他們開會。

托圖這時候才說：如果你真的不想效勞日本人，有個印尼華人鉅富一直在找我，我拖了他好久沒給答覆，我會推薦你去幫他。

托圖仍有想到我的出路，只是他要我先表態。他就是這樣討厭的好上司。當然，他做介紹人之後，對我責任就完了。

他大概拖了印尼鉅富太久了，當人終於跟鉅富安排到在新加坡見面時，他已經請了人，但卻仍把我留住，說托圖先生大力推薦，一定不會錯，叫我暫時匯報給新請的印尼出生的一個香港人，讓鉅富有幾個月的時間安排我去做別的事情。

我沒有立即答應，禮貌地說要考慮一下，其實不想當面說不而已。鉅富很明顯不肯得不到他要的東西，我回酒店，就收到托圖的傳真：恭喜，那老傢伙喜歡你，不會接受你說不，暫且答應吧，你又有何損失？反正最短時間內，他就會把你忘掉；順便提：待遇比你、我想像中好，或者一切都是在你的小小頑皮謀略之中？

連托圖也當起說客。再說，在沒有更好機會之前，我又有何損失？

我到曼谷報到，見我的新上司，曾跟他共事是我一生的污點。

他姓吳，南洋讀音是哥，英文名哥頓。他喜歡別人叫他哥頓哥，但我一直用廣東音叫他哥頓，還強調那「頓」字的尾音。

見到他那天，我們都穿了凡賽斯西裝，可說是一見互憎。他指一指枱面一包東西，用南洋口音的廣東話說：上頭俾你。他以後有事沒事要壓我，都說是上頭的意思。

枱面上，長方公文信封裝着一盒東西，裏面是一隻鑲鑽的黃金手錶。鉅富故意要哥頓親自轉給我，以表示對我的器重，讓哥頓知道鉅富放了一隻棋子在他身邊。

我發覺哥頓在等着看我的反應，我偏毫無反應，若無其事把錶放回盒子內，盒子放回信封內，信封放在西裝內袋。曖昧，是我從老鬼托圖學來的把戲。

我輕拍一拍西裝袋說：要你嚮耶加達帶返來，辛苦晒。

他毫無幽默感的用帶南洋口音的廣東話說：佢有俾我，先過你。

他用英文補一句：你並非唯一的。

我們注定互憎到底。

我們的任務很簡單；鉅富偷運出國的私人錢，說明要投在大陸、曼谷和新加坡三地的地產上。我們只負責投的部份。

問題是哥頓防我之心太重，整天想切斷我跟上頭的直接聯絡，把資訊據為己有。另方面，他認定我是鉅富故意安插的，以便日後取代他，無論他對我怎樣，我都會在他背後放箭，打他的小報告，所以他搶先不斷向耶加達說我的不是。他跟鉅富身邊的人有聯繫，我打電話給鉅富，機要秘書常把我擋掉，過後哥頓會跟我說以後要通過他才能接觸上頭，不能越級。我說我的理解不是這樣，他管不了，把他氣瘋。

這是個有油水可榨的工作，太多方面可以污錢，由定地價的到發包施工，處處是回扣機會。這也是我被派在哥頓身邊的原因，也因此哥頓盡量事事不敢讓我知道。他抱着整個大陸和曼谷線自己跑，只讓我去負責官員難纏的回扣沙漠新加坡。

正合我意，我喜歡清晰的遊戲規則，英式的花園。

可是，當他在泰國為了搶高容積率而碰釘後，又叫我出面處理，說是上頭意思，不滿意現在拿到的容積率。

以往，替雪茄黎和托圖做事，他們雖不是善男信女，我卻未想過會被出賣。可是現在卻不同，我怎知道哥頓是否在玩花樣害我？何況黑錢這回事，如果上頭不信任你，就動輒得咎。因為就算你實報實銷，他們還是會懷疑你是多報了，給你中間吃了一塊，誰知道最終給了多少出去？

為了小心起見，我用上以前的泰國人脈，找中間人去替我出面。又為了支付中間人費，我報上去的要比實付的大，然而報得太大很容易引起懷疑，唯有用談判來壓縮最終收賄者。這樣時間又會拖長。但時間長一點上頭會忘記，數字太高絕不能隨便報上去，因為一見難忘，成為話柄。

西洋情人節前幾天，他私人秘書告訴我，哥頓訂了十二盒同款的心型禮盒巧克力，用快遞送給他在大陸和曼谷的不同女朋友。我決定不幹了。我怎麼可以跟一個送心型巧克力騙十二個女孩子的人共事。我跟他真的是一個世界的兩種完全不同的人。我最怕花言巧語，他就是一把甜嘴。他裝純情，我最怕別人對我動情。

要立即離開並不如想像中容易。為了好來好去，我傳真後再原封信寄給鉅富。幾個禮拜才有回音。是機要秘書打來一通電話，說鉅富授意要等新加坡項目完成才能放我走。當時我正躺在香港養和醫院，受肝炎折磨。我是在曼谷染病的，不想在當地就醫，馬上飛回香港。我實在沒有力氣跟另一個有南洋口音的人在電話爭辯，遂答應處理好新加坡的手尾。

我不用完成承諾。病癒上班後，上頭知道我有離意，派插了一個新人在我旁邊，我趁機把所有事項在最短時間內移交給那個新人，然後再要求提早離開。上頭確定我把要交代的都已交代好，不再需要我，遂同意我走，好頭好尾。

我也毫無留戀。鉅富在全世界都有生意，但他基本上仍是一人公司。一個天生特別精明能幹的他，透過董事長辦公室的一票機要秘書、財經分析員和親戚，去控制旗下分散的行業。這樣的組織，成功與否，完全看那強人能否保持英明神武的狀態。我聽說鉅富是工作狂，但掛號要他處理的事情太多，所以嚴重塞車。到他回頭注意同一項目時，高高在上的他感覺只過了一天，我們在地面其實如渡了一年。舉個例，他直接領導我和哥頓的項目，但是一年多時間內我只跟他見過一次面，通過幾次電話，還是我找他的。他已經長期處於危機處理狀態，誰擊鼓告狀他就先處理誰，其他不在視野之內都被遺漏。在這樣的公司做事，每天要祈求上帝不要讓他心臟病發。

我寫了一封傳真給托圖說：我自由了。

我收拾行李準備去英國和西班牙度假，卻收到托圖回傳真：太極，若你自由，可到芭里會我，並在此住一陣子。

以托圖的作風，他寫可以住「一陣子」，等於說可以住蠻長的時間，幾個禮拜準沒問題，不然的話他會寫住幾天或住「一短陣子」。於是我改變主意去了芭里。

托圖到機場接我，還把我抱了一下，這是他以前不會做的動作。大概退休有效。

他在一個小灘邊買了房子，是芭里式的開放建築，四周是熱帶花草，對去過芭里的人那種色彩不用多說。

他說：我不懂招待你，甚至不會早上跟你說早安，你就當是自己家。放鬆，要來就來，要走就走，要吃就自己看看在家中能找到什麼，或自己去吃，我不管。這裏生活的遊戲規則是：沒有規則。這是我選擇留在此的理由。

當然他又是慣常的說低行高。家裏食物補充得滿滿，偶然我們還會一起上館子。不過平常時候，他就坐在書桌邊看些古書，我就游泳、睡覺，並到處帶着隨身聽，不斷重複聽着高漢的「著名藍雨衣」。

有一、兩次，他跟一批身體健美的芭里年輕人到山上去。臨走跟我說：房子全是你的了，你做什麼都可以，只是不要燒掉它。

他似乎自得其樂。我覺得有點可惜。以他的身手和在亞洲地區的關係，可以再做十年事，賺很多錢，然而他卻選擇了退休。那麼以前練的一身武功，豈不白練？太浪費了。

有一次我問他為什麼不再工作？

他答：為誰？為何？

我說：為你自己。

他答：這我不正在做嗎？

他現在所謂工作，是做點地區歷史的研究。我想，只要他還是精神爽利、自得其樂也算了。

倒是過了幾週後，他的態度有變。雖然一般是各顧各，但有一天下午我躺在露台軟摺椅上發呆，他剛好走過，語氣鑾重的說：你不成可以去讀些東西嘛，太極。就這麼一句。

於是稍後我摸進他的書房。先看到有幾排小說，什麼康拉德、吉普靈、毛姆、科士打、格林、拿拉揚。我則選了一本《大班》，作者詹姆士卡拉忽要，感覺上比較有娛樂性。連續多天我都在看它，老外寫香港，大話西遊，不盡不實，過過癮。

跟着我又進去找別的書。托圖有許多硬皮老書，頗駭人。我懼怕精裝書，只看平裝本。我注意到兩本歷史書，一是埃德加史諾的《紅星照中國》，另一是約翰里特的《震驚世界的十天》，我知道最近大家常談到去中國做生意，說不定有一天我會去，遂決定看史諾。

就在快看完的一天晚上，托圖的說話令我捉摸不到。他好像用了另一種語言一樣，而其實是他的態度令我感到陌生。

他有點生氣的樣子問我：你可曾有過任何激情？

我答：為誰？為何？

他大聲說：你是個白癡。

我不服，反問：你呢，你有嗎？

他繼續大聲說：我曾經有過。現在太晚了。

我真不明白他為什麼引進這樣的話題。他從未談過這樣的題材。我好像在跟一個不認識的人在爭執。

他，不是一直鄙視溫情、唾棄濫情？

激情？我一生的成就，就是把情處理掉，不為情所困擾，以保持無牽無掛的自由。

第二天，托圖又跟着年輕人上山去。我稍後發覺他留了一字條給我：太極，或許是時候前往你下一個目的地。

托圖下了逐客令。我心裏難過，也唯有從命，並寫了一封感情豐富的致謝函，放在他桌上，然後收拾行李，去坐飛機。

是否我誤解了「一陣子」的長度，超越了我應留的時間？還是談話得罪了他？他在生我什麼氣？

六月下旬回到香港，才知道中國發生了一件叫天安門事件，香港人稱之為六四事件。解放軍開進北京，驅散在天安門廣場示威的學生和市民，死了不少人。據說香港百萬人上街遊行抗議解放軍開槍。當別人談「六四」的時候，我無法插嘴，因為剛好完全錯過了。別人問我感受，我只能說沒什麼感受。

托圖家裏沒有電視，只訂了英文報紙和新聞雜誌，但我都沒有看。印象中依稀瞄到頭版上有學生示威，和軍隊鎮壓之類的圖片，但我沒有去看是哪一國什麼事，反正應該不關我事。我在看《大班》和《紅星照中國》。

難道托圖因為這件事生我的氣？他要我去「讀些東西」，難道是指報紙、雜誌？他看我沒反應，所以問我可曾有激情？最後受不了我，下逐客令？

他想我怎樣？去芭里的中國領事館前示威？還是在他家亂叫亂嚷，哭哭啼啼？

不可能。托圖什麼時候變得傷感？我所謂傷感，是指英文字「酸的饅頭」，托圖跟我一樣，最受不了「酸的饅頭」。我們都是喜歡打落口齒和血吞的硬漢形象的人。

我不相信托圖竟然會因為遠在中國的天安門事件而來一下「酸的饅頭」。我不認為我是因為六四被趕離芭里。不過除了這理由，還可能有什麼理由？

在香港，連黑豹也談六四。他還暗示說在一項營救民運份子逃離大陸的計劃裏，他也有點份。

但很快香港又恢復「正常」，香港人變回我熟識的香港人。黑豹介紹了幾個生意人給我認識，說大家集合力量一起攪新生意，黑豹當然也會有點份。有點份三個字是他愛用的字。當時，黑豹那群人已開始認為，是去大陸的時機了，因為現在就去，大陸政府會很感激，以為是支持它的愛國人士，會有好處。很快，陸續已經有人北上，黑豹一夥也決定把主戰場放在大陸。那段日子，連黑豹都會用英文縮寫來說市盈率、淨產值、合併收購。他們口邊更常掛着另一英文縮寫：首次公開認股，即「上市」。

黑豹邀我參加他們的集團，並說會給我一些認股期權，到了上市，賺的差價用倍數計算，到時候大家可以笑着離場。

我本來就想去大陸看看，就跟黑豹說，做了再看嘛。

他那夥朋友有些是有大陸經驗的，以前生意都是跟漏稅走私有關，例如攬個酒店項目，以便進口冷氣機和冰箱，然後中途把貨轉賣掉。也有一個在動腦筋把汽車化整為零件，運進內地後再組裝。

不過，這次黑豹一大幫人重整陣容，真的像是有點想在大陸做點合法大事業的企圖心。他們的中心人物姓符，曾在珠江三角洲開廠，嘗了甜頭，有點本錢，在佛山南海頗吃得開。現在更上層樓，把自己從一個做廠的人，改造成一個懂得利用槓桿原理攬財務工程的金錢人，野心也因此越來越大。

他們什麼都想做、要做，碰到什麼都說有興趣，反正說說而已不需要負責。而各人也各自憑機緣碰到不同的大陸人。大陸人更能說，每個都說有好案子、每個都說認識高層人士、每個都說有辦法搭通天地線，反正說說不吃虧。

我在西非和東南亞新興國家看過類似的一窩蜂情況，許多到頭來是一鑊泡，所以沒有這些初到大陸的香港人那麼興奮。

大概因為我表現謹慎，阿符把最實在的一個案子交給我。

那是阿符的點子。他看到地方上的公安武警可以隨高興做很多事，就想到找他們合作，在鄉鎮公路入口，設立洗車站，派兩個公安截車，強制所有經過的車子洗車，用的是環保理由。他從小鎮小縣市開始，以免引起注意，他稱之為鄉村包圍城市。

我負責規劃硬件配套，流程操作，財務流量，也要到各鄉鎮地方成立公司，部份用人頭，部份用合資名義，但中方只是掛名收點費用。

我們在廣東省做了幾個試點，很有效，每天現金一大堆。這是我們新集團第一宗真的看到有現金收入的生意，大夥都很開心，決定在最快的時間內，在全國鋪一千個點，把市場佔有，以免別人模仿。我在一份風險分析上寫：要鋪一千個點是太樂觀，不是沒有這個需求（反正需求是人為製造出來的），而是一千點幾乎等於一千家跟國內公安單位合作或合資的公司，管理上煩不勝煩，而我們成功的消息一傳出去，別人就會一窩蜂的進入市場，各地公安也會自組公司，所以，一千點似乎是各種可能性之中的最高點。

阿符說：都寫進去好了，營運計劃書越詳盡越好，等投資者自己去判斷。叫我別過分擔心。

九二年春鄧小平南巡，全國一起向錢看，而土地是新的寵兒。阿符、黑豹的眼睛都盯着地皮。於是我自動請調去攬房地產，反正集團內很多人眼紅我在做的洗車業，巴不得我讓位給他們分一口肥肉，即眼前全國那一千個洗車站的生財大餅。我欣然讓位，投入房地產。

連續兩年，我們踏遍大江南北，能圈起來的地盡量去圈。那些有地的中方單位，也正在找港台投資者，他們當時還分不出我們的集團與新鴻基、長江、恆基有什麼分別。一時之間，我們確實掌握了不少地，北至長春、西至成都、南至佛山、東至蘇州。阿符一直不碰北京和上海，認為北京是天子腳下不好辦事，而上海是上海人天下不好打交道。他喜歡的是二三線城市如青島、鄭州、長沙、武漢、南京、無錫、杭州、寧波以至中小型如石家莊、邯鄲等。

當上海的地價由九二年初的幾十年不變突然到九四年的天價，阿符的京滬恐懼症受到了集團內眾人的批評。鄉村包圍城市是胡說八道，房地產的要訣是地點、地點、地點。

不過，從後來京滬兩地新房子過剩，發展商死在資金積壓的情況來看，阿符也未必全錯。我是要到幾年後才清楚知道，我們九三年所有的功夫其實是白費的，不論那一個項目，最後都沒有收穫。

我曾經帶着一個年輕的美國建築師，去看集團在杭州錢塘江邊的一大塊地。集團內有人認為請外國人比請香港建築師更便宜，事實的確如此。那老美勘察一天後，到了晚上對我說：這是我碰過最大的一項發展項目，如果一生只做這項目，我也沒有遺憾了。一年後他離職，抱着遺憾回美國。

我跟阿符說，那塊是低窪地，有淹水的風險。我跟過托圖去過勘察東南亞許多有潛力的旅遊點，對淹水問題很敏感。

阿符第一次叫我不要把這點寫在報告書上。同時，拜託我盡快把報告用最有說服力的方法趕出來。

他急了，急着要找資金。

不要說阿符，就算整個所謂集團，哪來錢去建設這麼多土地？這些地、這些項目，是要來捆在一起再去找投資者的。所以，參與者如建築師、財務分析員和我，就算薪資再高，也是值得的，沒有我們製造魚竿，魚不會上釣。

不過，集團擴充太快，現金短缺，若沒有新錢進來，各案子都快渴死。一方面，一些小額的欠賬還一拖再拖，另方面，人人幻想發財在即，開口閉口千萬億萬面不改容。

集團裏其中一名要員自命是投資銀行家，他告訴我如何三管齊下，縮短發財所需的時間：一、找機構投資者直接以溢價換部份舊股和發部份新股的方法投入集團，是為首次上市前認股；二、以中國概念把有批文的項目包裝好，用可換股的債券在瑞士集資；三、收購一些有利潤的生意以申請上市、或借殼上市。在國內，則希望通過特殊關係，由合資夥伴向大陸銀行拿錢做項目貸款。

我也幫着向機構投資者推薦我們那集團。因為托圖的關係，我認識一些做直接投資的基金主管，可是談了一輪後，我怕此路不通。其中一個大家叫黃姑娘的基金經理，以前托圖有什麼不懂的事都會去請教她，當我把自認為做得不錯的計劃書給她看之後，她說：等你有了賺錢的實業，再來找我吧！只是中國概念，恐怕連老外也不容易上釣。

我想過告訴她關於洗車站的項目，可是到了九三年底，由於接我手的那批人時間上的失誤，我們的優勢已經失掉。到處都是模仿者，而原來的合資企業，不是給中方吃掉了，就是在跟中方吵架甚至打官司。如常經營的所剩無幾。坦白說，換了我做主管，後果可能也是一樣糟。我沒有任何值得驕傲的項目。我想起那些土地，或在市中心、或在風景區，它們多無辜，為不少人帶來希望，甚至提供過「三通一平」的工作機會，最後官司纏身，產權不明，發展遙遙無期，變成人為荒原。

對這些地方人士引以為榮的好地，我們始亂終棄。

我已經打算請辭，但不便向黑豹開口。很幸運的，黑豹一夥和阿符鬧起意見來，決定拆夥。它們各頭頭之間，本來股權上就不清不楚，糾紛遲早難免，一方面公司缺錢，股東要真金白銀掏出股東貸款，另方面發財在即，內訌意料中事。

黑豹說我可以留下。我說他走，我也走。

阿符找我談話，叫我幫他做事，又提出給我認股期權，我只好用道上那套酸的饅頭，說刨哥和我，小時候有一條香腸也兩個人分吃。這樣一說，他走我走，都不用解釋了。阿符親自送我到電梯，後來還送了一隻鑲鑽黃金錶給我。他沒有欠我，喜不喜歡鑲鑽黃金錶是另一回事。

黑豹說，他有一幫攪通訊的朋友，想進軍大陸，做傳呼機和大哥大。他在那邊有點份，問我可有興趣去埋堆？我覺得他們進入的時機晚了，很多堆人馬已經在搶那個市場。黑豹不以為然說：好的生意總是有人搶。我也覺得他說得有道理。還好，在我答應參加之前，我發覺那通訊集團的其中一成員是哥頓哥。

他已經離開了印尼鉅富，改在香港混。我們的途徑怎麼差點交叉了呢？我更好奇的是，他跟黑豹共事，下場會如何？我沒有這種自虐狂去陪着他們等看戲，遂推掉黑豹。

兩年後，我聽到有人轉述，黑豹在尖東街上當眾把哥頓哥打到跪地求饒，真是大快人心。理由呢？除了手腳不乾淨外，黑豹找他，他裝忙不見，傳呼他，他不回電，黑豹他老人家才會親自動手，聽上去十分像黑豹的一貫打人風範。

我其實不介意繼續留在大陸做事。我對大陸那一套已有點頭緒，知道如何應付官員。重點是你必須從他們的角度去想事情，不能只看合作項目的經濟合理性和對社會的貢獻，而是要照顧跟你合作的官員，它們的上級單位會怎麼看，它們的副手們是否都有好處所以沒人會寫黑函，其他單位會不會來卡它們？一句話，他們是官，給他們好處，但不要害他們掉烏紗。

更令我喜歡的是大陸女性的進步。她們的進化程度，已遠遠拋離香港。

並不是所有的性都是用錢買的。尤其在北方，女孩子喜歡你，可能是因為覺得你是條漢子，就這麼簡單。性，對大陸女人只是一種兩情相悅的表示。

上海的小姑娘可能門檻比較精，但就是因為她們老實在，所以在沒有風險的情況下，她們也願意偷歡，兩家便宜的老好事又何樂而不為？反正最後還不是為了要出國而嫁給老外？

就算要點回報，也只是意思意思、一種友好表示而已。哥頓哥靠幾盒心形巧克力，就可以在全國各主要城市維繫了一個女朋友網。

我沒有刻意去建網，但如果呆久了，我想也會達到一個城市一個情人的水平。一千點是太誇張，在十個八個經常來去的城市設點，是很可為的。不是包二奶，沒有包不包的問題，那女的可以自由去交男朋友，只是我進城後一通電話，她就很自願和樂意的出來吃宵夜和偷摸上酒店房。

我喜歡聽各種地方口音的叫床。

當然，每個地方都有貪婪的壞女人，或充滿佔有慾的神經女人，但也有不少是因為喜歡你，所以跟你好，嚴格來說沒拿到物質好處（除了吃宵夜、在五星酒店洗澡、一些外國化妝品之類的小禮物），更沒有打算將你綁住。

我驚喜的是這一種。她們才真正反映了中國今日半邊天的自主、開放、變通、無懼、積極爭取快樂。她們早已打破了一般對女性的分類方法。

國內女人已進步到這個地步，可憐香港女人還懵然而未醒。

香港女人獨立有主見、說話硬梆梆、做事拼命、言行中性化、外表新潮，但在性方面，是非常封閉保守的。很多都是長期缺乏性的滋潤，對男人卻仍滯留在理想主義，幻想找一個對她忠誠的男人，不能容忍男人同時有多過一個性伴侶。所以，香港女人注定失望，注定不快樂，注定沒競爭力。

香港女人各方面都很實在，只是性方面不能面對現實；各方面都很有膽識，就是性方面未能敢作敢為。

好像黃姑娘，學問好、收入高不在話下，人品又高尚，樣子也不差，但從來沒看到她身邊有男人。我敢推想她是長期沒有性愛的。

她如果要找一個完美的老公，恐怕不容易。以她的事業成就和不輕的年齡，香港男人誰敢碰她。就算有敢碰的卻不一定想碰。

不過如果她是要找幾個情人，應不會太難，但好像她這樣正經的香港女人，就是做不出這樣的事。她從來不跟男人打情罵俏，不利用女色做事，完全好像自己是中性一樣。我跟她打交道這麼多次，她都很友善、很專業，其實是知無不言，蠻夠意思，但她的熱心和投入是跟女人味不搭架的。

她並不快樂。每個認識她的人幾乎都可以看得出，她的不快樂三字是刻在額上。

許多人慫恿我去追黃姑娘，我能否跟她直說：我只想跟你上床。如果之後還想見我，每次我回香港都找你，做愛之外，甚至可以做伴，一起去試新餐館，聽交響樂，到芭里巴黎旅行，晚上摟着睡覺，你一定喜歡，反正你一個人多難過，我一個人又有何損失，你不覺得這是最完美的組合，比得上你看過任何一份最好的營運計劃？

當你有了其他選擇，只要說一聲，我會識相。

但一般叫我去追她的人其實不懷好意，非得弄到黃姑娘嫁人不快，是這種期待令黃姑娘仍然孤身隻影。

我也一直飽受這些多事的好心人騷擾：總要安排我去相睇。在公事上碰到的中古女強人，一聽到我是單身，就如獲至寶，每一人腦中皆泛起一大堆她熟識的失婚女人，恨不得馬上拉我去過文定。

我不介意跟她們統統上床，不分美醜。這是我慈悲心的極限。這樣說吧，當我可以去救很多女人直到精盡人亡，為什麼偏要限我只照顧一個女人？

這真是香港的錯。我在被熱心人士設計陷我於不義相睇無數次後，才發覺香港有這麼多超齡無性伴的不快樂女人（新加坡也不少），她們學歷高、無不良嗜好、樣子多不難看。真的，都可以上床。但深知同行姨媽姑姐們的期待，每次我只得保持基本禮貌，談話不痛不癢，應酬到甜品就逃之夭夭下不為例。

就算我本來對相睇的另一方頗有好感，即使我們之間本來可以發展一段美麗的關係，也只得無疾而終。真是人力資源的浪費。

黃姑娘，我們香港開埠百年地傑人靈的日月精華，就這樣浪費了。

我沒有去追她。據她一個同事在跟我喝快樂時光小酒的時候透露，黃姑娘是「重傷」的人，雙重受傷的意思。她年輕時候有過男朋友，山盟海誓，後來男友全家移民美國，卻在彼邦娶了外國人做老婆。十年後，老婆撞車死掉，男友拖着兩個兒子回香港探親，大家都以為會跟黃姑娘重拾舊歡，兩人確實碰了面，黃姑娘並去了男友的一些家庭親戚聚會，誰知又殺出黑馬，男友看中一個年輕十年的女孩……這些都是在黃姑娘事業起飛、成為投資界阿姐之前的史前史。

之後她就掉進那個姨媽姑姐的期待陷阱裏，即那個「你碰她就娶她」的氛圍。事業有成後，更眾目睽睽，動彈不得。她的私生活——我不敢想像她的私生活。

記得有一年到了年底，某大防病基金會惱人的年度餐舞會又殺到身邊。她大老板的太太剛巧當上籌委會主席。黃姑娘身為老板身邊最高級的女主管，又是未婚，本來跟老板娘的關係就難免緊張，現在老板娘做大秀，缺席不光是不給面子，更會惹起猜疑。公司裏，一名善解人意的年輕靚仔新人給她台階，半開玩笑半認真的當眾請纓做她的伴，她卻故作大方公開說：乜你咁冇志氣㗎？人地以為我地兩個姊弟情深添。這樣一點不失身份就擋過去。稍後竟有人提起我的名字，說不妨考慮，據轉述黃姑娘真的好像腦子空白了一下，還詐作聽不到。她大概要認真考慮。那陣子我為公事去找過她一次，也覺得她怪怪的，她對我沒以前的爽快，變得有點客氣。我想她內心在掙扎。我故意不主動邀她，免給人說我拍馬屁，看她怎樣。可惜，她始終開不了口，最後藉口說要陪媽媽去普陀山，沒有參加舞會。香港人聖誕節去普陀山？多爛的藉口。她寧願讓老板娘有不必要的誤會，也不請我。她怕人家誤會我是她男友？怕我誤會她喜歡我？她本來就喜歡我，從她例不拒絕我找她卻每次都只談公事的態度就知道。但她就是怕別人以為我是她男友。是因為我不符姨媽姑姐期待，還是因為我沒有上過名中學、名大學？想到後一點我才氣：在香港還攪什麼藍血貴族，三代內沒有幾個光鮮。

也僅此一次，我們擦身而過，英文說法是：如斯近，然卻如斯遠。她屈服於人言可畏之下。我們可以說有了發生關係的因，卻欠缺發生的緣。

算是她的損失。

黃姑娘，黃姑娘，什麼時候你才可以豁出去呢？

女人沒有男人，男人沒有女人，同性戀沒有伴，都是人間不應有的慘事。同樣，女人為男人不快樂，男人為女人不快樂，任何一個人為另一個人不快樂，都是不值得的。舉我的媽媽為例，如果她一生只有我爸爸一個男人，而爸爸到了香港就有了新歡，媽媽想不開最後鬱鬱而終，這樣的一生有什麼意義？

我希望媽媽一生有很多男人，把我送到香港後，但願她在上海找到新愛人，在她死前，那愛人還守望在病床邊握着她的手，讓她感到無憾。

我去上海的時候，故意去「故居」憑弔一下，以前叫霞飛路，解放後改叫淮海路。我住的房子，那里弄，已改建成伊勢丹百貨公司。我站在那裏，拼命想擠出一絲懷鄉思故人的酸的饅頭愁，卻一點沒辦法。根，對我真的是一點沒意義的，裝不來。

我已經沒有任何線索，去問到我媽媽是怎樣的一個人，一生怎麼過。這個帶我來到世界的女人，將永遠是個陌生人。我由衷希望她有過快樂的一生，但我懷疑事實是否如此。

我自己在大陸的經驗一般是好的，主要是因為碰到不少大陸好女人，讓我覺得生活很充實，中國在進步。其中，要直接付錢的是少數，其他都真的是交朋友。由我第一個大陸朋友沈英潔開始，到我在大陸住了三年，從沒有碰到過一個壞的大陸女人。

我還是可以來去自如，無牽無掛，誰都不欠誰，乾乾淨淨，就幾乎證明了大陸今日女性的大方，拿得起放得下。

女性的進化，遠比男性快。爛的男人遠比壞的女人多。男人爛在一面霸佔住女人不讓她另交男朋友，另一方面自己卻可以去找新的女人，這樣的雙重標準。

我心目中的爛男人典型是哥頓哥。他的各種手段，包括心形巧克力攻勢，目的就是要把女的感情騙過來，讓女的以為他只愛她，這樣才能把女的隔離，不去想別的男人，一心向他，而他就可以換取到時間，轉到別的空間去騙別的女人的感情，這是多自私的劣行。

我跟他是兩種不同的人種。我才不要女人的專情，也不在乎我不在的時候她們有沒有其他男人。只要我們在一起的時候，開開心心就好了。

可是中國真的無奇不有。我在廣州的時候，通過集團內幾個識相的當地員工的介紹，認識了幾個以前在白天鵝酒店做事的女孩子。她們是第一批被招募進去的服務員，都是一等美女。但美女很快被人家挖去做別的更賺錢的事情，所以後來酒店都學會了不再請太漂亮的服務員，以免人力流失太快。她們因為是第一批，也就是改革開放後，幾乎除了高幹子弟外最早見到外商和見識到花花世界的大陸女性，多年下來，已經閱人無數，不是嫁掉了，就是被人包過，或離了婚，眼界都很高。她們青春漸逝，流落在羊城，高不成低不就，大都沒有正業，每天找人陪她們唱歌跳舞。別人也休想佔她們便宜，給人佔便宜的日子早已過了。我雖未婚，她們都不視我為結婚對象，因為嫁給香港人要等七、八年才能來香港，她們沒有這樣的耐性和青春。她們要找的是有外國護照的任何種族的人。而我，是請大家去開心唱歌跳舞的高級港燦。她們知道我不算真的大款，但付起賬蠻大方。我們常去一家外資五星酒店兼營的俱樂部，面積頗大，有唱歌包廂，也有輪着唱的卡拉OK大廳，還有表演廳和迪士高。通常我們男男女女八、九個人擠一個包廂，她們也熟到不用裝樣，搶着唱歌。我是不唱的，只有坐在旁陪聽。如是幾次後，我已感沒趣。有趟，當她們第二次唱「瀟灑走一回」的時候，我耐不住，走到迪士高那邊，找了一小高桌旁的高凳坐下，瞄瞄新面孔。大陸人還很喜歡跳舞，舞池擠擠的。亂光中我看到一個女孩子，像極了桑雅。如果你問我記憶中的桑雅是什麼樣子，我就說是我眼前那女孩的樣子，但若你問我肯定她就是桑雅嗎？我卻不敢肯定。桑雅應已三十七、八歲，這女孩只有二十七、八，而且腳一點沒事。但作為桑雅的女兒，卻嫌太大，說不定是妹妹。我不禁努力的看着她，她大概也看到我，跳舞動作突然加大，像在表演一樣，跳得很好，可能也是什麼文工隊歌舞團之類。她眼睛瞄着我，身旁一起陪跳的兩個男人也注意到，一臉不以為然的樣子。音樂轉節拍的時候，那兩男拉扯着叫她走，她抖開男的，走過來我這邊，一把坐在我的小高桌的另一邊，手托着頭，眼睛卻不看我，像發嗔的用帶北方或四川口音的廣東話說：依家捨得返廣州咩？

我不太理解她那話的用意，只含糊回了一聲嗯。不過我已肯定她不是桑雅，因為桑雅的廣東話是道地的。我好奇的問她：你識唔識一個叫做桑雅嘅女人呀？

她一臉驚訝的表情，卻不表示她認識桑雅，而是她認錯人。她向我表白：對不起，我弄錯了，以為你是另外一個人。她這時才追問：你剛才說什麼？

我重複：有個叫桑雅的女人，現在應該三十七、八歲了，會不會是你的親戚？

她問：她姓什麼？

我答：不知道。

她說：對不起，我不認識。

我解釋：你跟她樣子很像，幾乎一樣。

她有點尷尬說：是嗎？

我問：你剛才跳得很好，你是歌舞團的嗎？

她說：不是。

她又說：如果你不說話，我倒把你認作別人，你跟他也很像。

她補問一句：你識唔識哥頓哥？

簡直是晴天霹靂，她竟錯認我是哥頓哥。

她繼續還要強調：佢係印尼華僑，同你真係好似㗎。

我馬上聲明：我不認識。

她回頭看到同來的那兩個男人還在等她，對我說：對唔住，我過返去先，一陣見。

她怎麼可能攪錯我們兩個人？不錯，我那段時間集中穿凡賽斯，因為要讓那些落後地區人士看得出我穿的是名牌，哥頓則從來只會穿凡賽斯。我們的髮型相同，皆戴金絲邊眼鏡，把保養算進去年齡看起來差不多，就此而已。到此刻前，我從沒想過我們頗像。他比我矮兩吋，可是他穿高跟鞋，何況我現在是坐着；他比我黑，但在迪士高燈光下難分得出。這個女人可能吃過他的心型巧克力，而後來哥頓好像失蹤一樣不再找她，她才會一開始的時候把我當作哥頓來撒嬌。我怎樣才能告訴她，我跟哥頓是兩種人種，我從不送心型或其他型的巧克力給女孩子。她會懂嗎？說不定她收到巧克力時還以為自己很幸福，而我則連這點幸福的幻覺也吝嗇。

我回到包廂裏，腦筋還沒轉過來，她像桑雅，只可說中國人太多而人有相似。有人說北方許多人像犟俐，就是這個意思。但她竟認為我像哥頓哥而不是她表哥，就太不可思議了。

閃過我腦中是一個念頭：別人會這樣看我跟哥頓，認為我們很像嗎？兩個高薪雅皮、高級華人、醜陋的香港人？我強烈答覆自己：不可能。

我看到包廂玻璃門外，那個像桑雅的女人在探頭張看。我走出去，她見到我滿臉笑容，把一張字條塞在我的手心，並說：你唔話我知你叫乜名，我就叫住你做哥頓哥。得閒記得搵我，哥頓哥。說罷她就走了。

我打開字條，當然是名字和電話號碼，她的名字，很抱歉，是「虹虹」，一點不像什麼桑雅、娜塔莎。

那張字條我隨即丟掉，好像怕留着就會搭上這條通往哥頓的女人線。

所以當黑豹又跟哥頓掛上鉤，我有陰魂不散的感覺，怎麼他總是纏上我的世界。想起來，倒是黑豹跟哥頓孿像才對，兩人皆特別眉精眼企，身光頸靚，皮膚黝黑，四肢發達。不過他們的像，也止於外表而已。

我推掉參與中國通訊大業的機會後幾天，黑豹又幫我安排了去見另一家他有點份的公司的老闆。我是這樣最後來到了台灣。

台灣人稱他為馬董事長、或簡稱馬董。他在台灣泡沫經濟高峰的八十年代下旬，就跑到那邊，賺了不少錢。他用多家不同公司的名義，在台灣北中南開店炒外匯，走在法律邊緣。整套方法是學自香港外匯炒家，客人把孖展錢匯至澳門，他做莊，多數時候他和客人對賭。他眼光獨到，以前自己看大盤，對賭贏多輸少。那些客人大多是散戶，玩不過他。台灣人愛賭，輸走了一批，又來新的一批。萬一他虧大了，就把店關掉，換個陣地，轉個名稱。反正馬董自己不出面，都是找人頭做公司負責人。

這樣的炒外匯公司在台灣據說有幾百家，其中有不少是香港人在操作，馬董是做得最好的之一，各店的門面金碧輝煌，氣派十足。九七、九八年亞洲景氣不好的時候，別的行業都很困難，唯獨炒外匯公司好像還是活得好好的。

馬董每天下午才起來，周旋老婆和情婦之間。然後去三溫暖做馬殺雞。晚上跟朋友一道吃飯。再去喝花酒。一邊摟着女人喝酒、猜拳、玩骰子，一邊正式工作，用行動電話問行情，然後吩咐手下今天的大方向，就可以收工。除非有突變，否則手下主管不會找他。他就繼續喝到醉倒為止。

他的喝酒朋友都是別行別業的香港人，所以在台灣，他在商界的知名度不高。除了夜生活圈的媽媽和小姐幾乎無人不認識他外，生意圈一般弄不太清楚他是誰，有沒有錢，如何發財。這是一種生存之道。

因為他有眼光，每晚那幾句長短吩咐，就可以供他長期揮霍。

當然，偶一發生的市場驟變，他也猜不到，就會有虧損。好像九七年底台幣大幅貶值，馬董有點措手不及，因此要收掉一兩家店。那些店的負責人都要離開台灣避鋒頭。不過馬董整體實力應還在，新的店又開起來。

炒外匯非我專長。九四年底黑豹叫我去找馬董，是因為有次他們一起喝花酒，馬董說要多元化，想經營一些別的實業。黑豹跟我說，馬董多年來，賺了不少，想分散一下投資，一定要拉着黑豹合夥，黑豹如果不拍胸脯，馬董也不敢做。黑豹只好同意，在馬董的新事業裏有點份。

他們即興想了兩個主意，一是去菲律賓在美軍撤出的蘇比克灣發展，一是做大陸人出國到泰星馬的旅遊團。都是嘴巴說說，要我去落實。

我一直弄不清楚馬董真正的想法。他好像不很積極去推動，每天照樣只在晚上打幾個電話就當做完一天的工作。平常也不談這些新計劃，只有在黑豹來到台灣大家喝酒時才聊幾句。

但同時他付我高薪，把他一幢不錯的房子給我住，任由我做些什麼，隨便我去菲律賓或泰星馬。

然而我的報告他都好像沒有看。例如我認為既然帶團去了泰星馬，大陸團員一般都會備了現金和一張很長的購物名單，我們應在各落腳點開專賣店，特為他們量身訂造，只賣他們想要的東西。舉例說，那些男人都喜歡買鑲假鑽的黃金色石英錶，我們就應自己入貨，成本便宜，利潤很高。肥水不流外人田。

報告早已給了馬董，但他一直沒反應。我要趁黑豹來台和馬董喝酒的時候，重新口頭提出，大家一致認為是好主意，我才進一步去安排。

馬董最喜歡我陪他去些台灣叫酒店的夜總會喝酒，大概是我夠體面。如果我把女人帶出場，他更高興。但生意方面，我看他猶豫不決。外匯行業到底不算合法行業，但投在新事業，他又不懂，的確是兩難。

慢慢我也領悟到，馬董的生活型態和做事方式，只適合炒外匯。做其他行業，恐怕他還不適應，勉強而為，不會做得好。

我跟他提說放棄新行業，他又不願，拖拖拉拉的，跟他做外匯的果斷，簡直是兩個人似的。

我變得很閒，但再閒，也受不了每天陪馬董去鑽酒店、玩猜拳骰子、喝威士忌加冰水。我也不需要這樣子找女人。我有固定的幾個直通電話，乾脆召回家解決，乾乾淨淨。日子開始有點難過。

蘇比克灣和大陸旅遊團兩大項目一直光說不練，放在一邊。馬董旁邊卻有很多人出主意，開港式海鮮館、葡式蛋撻店、泰式魚翅酒家、鋼琴吧、紅酒吧、雪茄吧。這些插花式小投資，馬董很爽快。他本來就愛玩愛熱鬧，夠四海，投與不投對他來說跟喝幾頓花酒差不多。我知道他有閒錢，對短線可以回收的生意，他不怕投，但對長期經營的項目，恐怕不是他要喝的酒。我不勉強他。

這類小生意的合作細節，在他拍板後，就叫別人把窗口對我，讓我把所有跟進的事情全權做好。所以，人們把我看做馬董的第二把手，都兼捧着我，張總前、張總後，雖然在名片上，我掛的是馬董一家香港公司的總顧問，不是總經理。

我也破例在其中一項小生意裏有點份。九十年代中，紅酒在台灣開始流行，一幫人說服馬董做紅酒生意，進口法國波爾多。他們知道我的紅酒知識豐富，其中幾個人還是我教會他們喝紅酒，認我做老師的。所以在人情難卻下，做了一份，佔股份十分之一，是沉默夥伴。我完全不去管。

台灣人做什麼都是一窩蜂的。九八年進口的紅酒，遠遠超過需求，酒市崩盤。我們的投資泡湯，有些酒還放在海關不敢去領，經過炎夏，大概都已經變醋了。這些錢我是無所謂，只懊恨自己不夠堅定，違反了自己絕不跟人合夥投資的原則。

我對任何事，都不要有長期綁住的感覺，免有所牽掛。

在追隨托圖那幾年，我已經完全弄清楚我想做個怎樣的人。

我不是雪茄黎、阿符或馬董這種創業家；我不像李嘉誠以至那些小企業主、小老闆，或是那些在股市、樓市打混的人，他們是冒險家，共同點是願擔風險，我尊稱他們為生意人。

我屬於另一種人，同樣對香港資本主義有貢獻。我的榜樣是托圖，一個專業經理人，我的同類是投資基金的黃姑娘，當然還包括哥頓哥、那些銀行管信貸的、做股票承包的、投資銀行家、會計師、律師、建築師、財務分析師、各種專業經理。我們講英文，會寫字，懂得看資產負債表，可以在電腦上寫營運計劃，理解什麼是內部回報率。我們看合約時會去看細文。

商人、生意人，古已有之。我們這樣的人，才真的是現代產物。古代讀書人，包括紹興師爺，都是為朝廷服務，是官本位，而我們是寄生在資本裏，是商本位，但本身不是商人，是幫商人忙的人。

我們都是第二把手。

香港盛產我們這樣的人，構成香港的比較優勢，它的繁榮安定。

我們喜歡按遊戲規則做事，但隨時可以破例。

我們用理性去幫公司達成目標：賺錢、佔有市場、建立品牌、合併收購、上市，不管是用什麼手段。

我們不會被一些非理性的感情、喜惡、價值、對錯好壞所牽制。

我們有些人為一個老闆做事，有些為一家公司，也有些只提供服務，但都是在「為人做事」，用別人的錢。

我們的專業技術，令我們去到世界各地都有價。我們不會介入當地的政治、社會矛盾、文化衝突，我們是去賺錢。

我們都是國際資本在香港的僱傭兵。

為誰？無所謂。

為何？錢是重要因素，另外是喜歡自己的專業形象。我們都愛上自己。

我們之中，做得最好的，反騎在商人之上，被稱為「宇宙之王」，也有搖身做上了原英資公司的大班。其他的大多數，是打工皇帝，也是使香港成為金融和服務中心的功臣。

香港不能沒有我們。

我們沒有白拿高薪。

我們進場，我們把事情辦好，我們離場回家。至於離場後，出現什麼爛攤、後遺症、原始森林反撲，就不關我們的事了。

我們總是理直氣壯、心安理得。

起碼，我是如是想。

我比很多我的同類更堅守立場：不攪小生意、不合夥、也不投錢在老闆的生意。我喜歡保留乾淨離場的自由。

八十年代有些公司發出員工認股的期權，就是為綁住像我這樣的人。不過，以我碰見的亞洲公司來說，除非上市，不然認股期權大多沒有意義。這些公司本來就是老闆說了算，不喜歡你的時候，你隨時要走路。而且，部份公司本身結構不清楚，股權亂七八糟，這類公司給出什麼期權，也別夢想會實現。

我只趁年頭好，先索取高薪，多拿年終獎金，事成起碼有鑲鑽黃金錶。到年頭不好，已經拿了的好處也不用吐出來，這才最實際，也是做員工的最大好處。

沒有錢萬萬不能。我們這一代小的時候還體驗過一點貧窮，不能學嬉皮唾棄物質。我們沒得靠國家福利，也不能輕信陌生人的仁慈，只看自己。

我的生活質素物質享受，花掉不少錢，但都是以自己專業能力換取薪資及獎金，心安理得的乾淨錢。我是這樣以為。

剩下的錢，一般像我的人會放在股票、地產和不同投資項目上，至少弄個自己的物業，而我卻買了紅酒。在奈及利亞時，跟雪茄黎去過英國的紅酒拍賣會。以後有了代理人，經常跟他用傳真保持聯絡，他提供資訊和作出推介，我給他一個定價，他幫我去拍賣會出價，拍到後我匯錢給他。這麼多年來，買進比喝掉快，累積了七百瓶，大部份是波爾多，也有少量的羅曼尼康提拔根地，皆儲存在倫敦的專門酒倉庫。我每到一處做事，確定了要定居一陣子的話，就會指令酒倉運幾箱到新住址，收到後就不吝亂喝，到要離開一個地方時還喝不完，就慷慨送人。

我沒打算存酒升值，因為我根本沒興趣以錢賺錢，累積財富。我認為錢賺來是要花的，酒買來是要喝的。人家說投資要「流動」，我完全投在「流質」，我希望我臨死前，剛好喝完最後一瓶藏酒。

我也沒有累積事業，或想去學李嘉誠、霍英東。我由一份工作跳到另一份，真的是隨遇而安，也碰巧香港經濟的長期膨脹，我這樣的專業人不愁沒事做。我們這一代很多人不知道什麼叫失業。

以前義勇軍常說：滾石不聚青苔，意思做人要專注、守陣地、不要變來變去、三心兩意。義勇軍做了一輩子青少年工作，又怎麼樣？我每份工作都很努力，但卻常轉工作，就是怕聚青苔，不乾不淨。我是立志要做不聚青苔的滾石。

像我這樣的香港人，選擇太多，轉變太容易，沒有一條路是非走不可的。

我要的是自由，隨時轉軌道的自由。我現在活在這邊世界，但我可以拿起皮箱就去了另一邊的世界，從此和現在的軌道不交叉。

我在西非，是生是死，香港有人關心嗎？或若沒有碰上雪茄黎，西非世界又與我何干？如果我長住芭里，北京天安門對我來說是不存在，正如我四歲坐火車到了羅湖，大陸已不存在。

我可以活在任何一個世界，只看我一些偶遇和抉擇，那些「我又有何損失」的衝動。

我少轉一個身，就碰不到義勇軍和黑豹。是我自己要轉那個身。而只要一轉身，我可以拜拜那些原始沼澤部隊、貪錢的東南亞官員、喝土酒的鄉鎮土共，或最老土的哥頓哥。

我沒有必要也沒有人可逼我左轉右轉，向前向後，完全看我自己。

這就是沒有根的好處。

我對財富、事業、工作、物質享受的態度，與我對感情、地方和過去的感受，完全一致。不管發生什麼事，都不關我事。沒有事情可以影響我。冇事冇事，繼續跳舞。

感覺如何？感覺如何？只是靠自己，沒有回家的方向，像個全然陌生的人，像顆滾石。卜戴倫這樣唱。

拖到九七年中，我跟馬董說既然沒事可做，他不必付高薪養我，等他有需要再找我好了。

可是他偏不放人，還說他是認真在考慮搞新生意，做些實業，好在台灣上櫃上市。

過幾天他送了一隻鑲鑽的黃金手錶給我。

我本來沒想過回香港，但聽說七月一日後，酒店很多空房，價錢特平，遂買了一個機票連酒店套餐往香港轉一圈。

我特意跑到山頂看風景。回歸已完成，冇事冇事。香港真是福地，我們一代人都沒有吃過大苦，過了快五十年的好日子。比較一些我去過的地方，奈及利亞、中東、東南亞、印度、大陸、台灣，香港簡直是風平浪靜，什麼都沒有發生。如果把這些地方的歷史拍成故事性的電影，香港的劇情一定最淡。我們好像活在歷史的最後一章，意識型態競賽的終點，還可以發生些什麼？

我想，如果我二十多年來一直在香港，不到處走，會怎樣？我可以想像自己好則住在港島南區淺水灣、春坎角之類，每天早上由司機開着黑色町姆娜房車，送我到中環上班，沿途我看《南華早報》……不知為何，我想來想去只有這些分別而已，其他的生活我現在也不缺。

我甚或會擁有一艘意大利製造的遊艇。不過現在夏天回香港，很多人搶着找人去乘他們的遊艇，是不是自己的，沒有差別。

我真想不到我還有什麼欠缺。

我堅決相信我的滾石人生觀是正確的、高明的。

看其他同齡的人，步入中年後，煩惱甚多。

有些婚姻出現問題，有些為新感情所困。有些不活在這一刻而只顧累積者，面臨健康瞬間離你而去的戲弄；期望自己資產和香港一樣天天向上者，恐怕有朝一日好景不常，希望越大失望越大。

快樂是：什麼都沒有發生。

也有剛好相反的，有些因性源不足而心癢，有些只有一個性伴（甚至沒有性伴），在懷疑自己錯過了什麼。有些一輩子只做一份工作的，會擔心好的機會是在別的界別行業裏；有些移了民或固定在一個地方的，會以為真的生活是在另一邊世界。

不快樂是：什麼都沒有發生。

他們活在兩難中。有時候想想，人生苦短，青春易逝，不如及時行樂，嬉戲度日，但午夜夢迴，又怕浪費時間，磋跎歲月，到頭來一事無成，晚景堪憐；一邊覺得自己玩得不夠徹底，為實務糾纏未能放縱盡歡，一邊怨自己未能盡力工作，經常貪逸樂而沒榨乾自己投入在事業上；同時盡做盡玩，有這樣精力的有幾人？要透支精力，就要做運動打坐，結果每天花時間去攬好身體使自己能減少休息時間換取多點時間去做去玩；還要記住不能暴飲暴食，否則前功盡廢；這時候有人會説，我們中國人講中庸之道，但大夥的問題正因為太中庸，想玩的東西太多沒精力去玩，想做的事情太多沒時間去做。霧數煞。

只有好像我，心無牽掛的活在這一刻，沒有必須做的事，也無事不可做，沒有想玩的，也沒有不可玩的，遠離一切是非，才可以不論發生什麼，或什麼都沒有發生，皆無所謂，故亦無煩惱。我這超越的境界，是發生什麼都不能影響的。我隨時可以死：這是最好的證明。

回歸兩週，我回香港，去銀行把馬董送我的鑲鑽黃金錶放進保險箱後，正準備開始我例行的巡禮式逛街，第一站是皇后大道中的連卡佛，然後轉去置地廣場。

當我沿畢打街右轉皇后大道時，忽然有拉肚子的感覺，遂決定改去文華酒店閣樓的廁所。在我轉回頭之前，我看到皇后戲院前停了一輛黑色町姆娜房車，有一個穿西裝但樣子仍很大陸的男人，開車門給一名豔婦，從側面看，那婦很像桑雅，連腳都給我有點微跛的感覺。

車子朝西往上環方向開去。

我沒放在心上，朝東過畢打街馬路，走進置地廣場，坐自動電梯上二樓，利用行人天橋由歷山大廈跨到太子大廈一樓（香港的一樓，即二樓，地面叫「地樓」），本來可穿過另一行人天橋直達文華閣樓，但我想起要去卡地亞領回在換皮帶的派莎鋼錶，而肚子也好了一點，可以等待，遂走到地樓，去了卡地亞地鋪，可是店員馬上告訴我皮帶貨未到，還沒換好，要明天才有，我就抽身出了卡地亞，正在等機會竄過遮打道去馬路另一邊的文華酒店。

這時候那輛黑色町姆娜房車，不知怎的這麼久之後又從干諾道開進遮打道，朝我站在位子駛來，車子更停在我前面，窗門絞下，那豔婦伸頭出來，正是桑雅，比當年老了，但毫無疑問是她。

她朝着我，用力向我吐了一大啖的口水，然後就絞上窗門，車子開走。

我自然反應往後一退，口水沒有沾到身上，卻掉在我右腳皮鞋尖上，那是一對邱吉爾斯的翼尖型皮鞋，鞋頭端有很多裝飾性的小孔，桑雅的唾沫就淹滿了幾個小孔還在氾濫。

我第一個反應是，千萬不要小看女人。上次還聽說借了高利貸要避鋒頭去了大陸，現在坐町姆娜房車，而我蠻肯定她穿的是正牌香奈兒。

第二個念頭是把時空合理化一下：她的車子本來是要向東去灣仔那邊，但皇后大道單程向西，所以先開往上環方向，幾經塞車才找小路右轉再右轉的拐進干諾道，又被畢打街的紅綠燈擋了一下，所以剛好待我在遮打道等過馬路時，車子才駛經我。

我邊計算，邊去到文華閣樓的廁所。在抹掉鞋上的口水時，我才懂得有點生氣。

我跟她結了什麼怨？她在怪我什麼？

那次她欠人家錢逃跑了，黑豹後來跟我說，因為我出面擋了一下，所以擔子落在我身上。不過他跟放款的人說好，給他面子，要我只還本金，不算利息。

當然，黑豹加上一句，如果我不願意負責這筆錢，只要黑豹在，放貴利的人也不敢對我怎樣，因為如果他們找我麻煩，黑豹不會袖手旁觀，他說我是自己兄弟。

我不想欠黑豹太大的人情，另外也很體諒那斯文戴眼鏡的收數佬，他有他的行規，我不想讓他難做人，所以沒吭聲就付了一萬元。其實我出手幫桑雅（是為了討好沈英潔）時，已知道充其量風險是三萬元而已，絕對在我能力範圍，若數目更大，我也不會逞英雄。

這件事我沒有跟任何人提起過。現在桑雅不單止不領情，還一副不悅我的樣子，這算是以怨報德，還算是送我的回歸大禮？她對我有誤會。

我平常如廁給兩元小賬，今天多功能，給了五元，廁所阿伯千多謝，萬多謝，令我對香港五十年不變恢復一點信心。

我走到皇后戲院側巷，找人擦皮鞋，就在這時候，我做了一個決定。

我去找私家偵探，幫我調查從八四年分手開始，沈英潔過的是什麼生活。我特別強調細節要豐富，要細說從頭。我花錢就是要聽故事。

英潔至今還住在我幫她租下的房子，這令調查容易。

更幸運的，偵探找到住在同一大樓的一位舞小姐，曾經是英潔的房客。

英潔搬離父親家後，發覺自己懷了孕，不知為何沒有把小孩拿掉，也不另搬小一點的房子，住進我替她拿主意租下的地方，把其中一個房間租了給舞小姐。

在我細問後，偵探回去再查，才肯定了英潔雖是房東，卻和小孩住尾房，把大房和后級床都租掉。

英潔在家裏替附近小學生補習，後來兼做翻譯工作，坊間有幾本兒童書和商戰手冊都是她譯的。

舞小姐住了七、八年，才跟朋友在同一大樓租了另一個單位。之後英潔就再沒有分租，自己搬回大房，小孩住尾房。環境算改善了。

她好像一直沒有別的男人。

我真難想像她會在這樣的房子住到現在，而且一直沒有男人。如果真的話，已經十三年沒有跟男人睡覺，這樣的日子怎麼能過，真是不可思議。以她的姿色和人品，不可能沒人追求，能吸引我的女人，差不到哪裏。是什麼令她拒絕男人？這個問題，偵探答不出來。我希望是偵探功力不足，查不到而已，實況反是英潔一直有性伴侶，而不是一個這麼好的新中國女人退化變成香港女人。

偵探説英潔的孩子很會啃書，最近還拿獎。偵探給我看剪報，是《南華早報》的學生學能比賽，英潔的兒子拿了初一級的獎，還與其他得獎者合照刊在報上。

偵探用尾指點一下其中一男孩，意即就是他。報上用英文寫的名字是沈張，不知哪個是姓哪個是名，但他不可能註冊到我的姓，所以一定是跟母姓，姓沈。

我看他的樣子，有幾分像英潔，但那副神氣，既不來自英潔，也不是我的，是一種我們兩人都沒有的高傲。我一看就不喜歡他的樣子，立即感受到我跟這個小孩是合不來的，他是那些自以為是的網路年代小魔怪。

我問及英潔和小孩相處如何，偵探又答不出，不過我還是付足錢給他。

幾天後他來電，說他又回去再問了，孩子小時候脾氣很拗，並不討人喜歡，不好管教，鄰居常聽到英潔放喉嚨罵孩子，氣到追着打孩子，而孩子也嗓子特大，不論哭或駁嘴，都很刺耳，鄰居都不喜歡這孩子。不過，這兩年突然安靜了許多，兩人好像找到相處之道，不常吵架了。

跟我想像接近，那孩子是討厭但聰明的小魔怪。希望英潔不是聽覺衰退，所以要提聲説話，而後來實在太聾，索性不吵了。

我感到無限歡欣，英潔真是個了不起的女人，願意冒險，勇於承擔，沒有離場計劃就放棄別人替她安排的安定，一個人過獨立生活，撐一頭家，帶大了小魔怪。現在終於順景。

她是我一生最喜歡的女人，跟她不光是在性方面滿足，而且在一起的時候很舒服自然，那怕是聊聊天、睡睡午覺、吃東西。

我喜歡她不囉嗦，跟我要好就要好，事後毫不拖泥帶水。

當然，很快我們就生活在不同的世界裏，她對我來説是不存在了好久一段日子，但當日因為買咖啡糖的機緣，認識了她，和她有一段緣，也是我生命中美好的小插曲，我雖不留戀也不會否定。

如果桑雅不向我吐口水，英潔不會回到我意識中，她的一生也不會有人呈報給我。現在她又存在了，而且很奇怪的，在九八年七月一日早上，觸發了我一個新主意：我決定替英潔的小魔怪兒子沈張設立一個美國留學基金，如果沈張真的像今天看來有啃書本事，他就有資格拿到我的錢。他要很出色才能攀過我訂下的門檻。

我很肯定，英潔就算再努力去補習或譯書，大不了有能力讓沈張在香港上大學，但絕不夠錢送他去美國。我以最貴的史丹福的費用來作基數，每年學費兼加州生活費為五萬美元，四年是二十萬美元。只要沈張考得上史丹福或我選定的十家美國大學、三家英國大學的任何一家，錢就是他的了。

英國費用比較低，所以若能去牛津、劍橋或倫敦大學，就算他撿了便宜，二十萬美元照樣給他，以鼓勵他選英國。

我整個早上一直在盤算的是，哪十家美國大學呢？是否包括所有長春藤的呢？這樣除史丹福是肯定的另一家外，在加州大學柏克萊、芝加哥大學和哥倫比亞大學之間，我要有刪選。又想起麻省理工學院和加州理工學院，沒道理不包括在內。這等於再刪掉一兩家長春藤。我煩惱的是這個。

至於這主意本身，我覺得很興奮。這樣的安排，先需要有我般有錢又願意拿我出來的人，又要有我的識見去找律師。對這件事我有一種榮譽感，既文明，又有創意。試想一個普通的香港小孩子突然被告知有個陌生人幫他安排了這樣的獎勵計劃，該是多麼傳奇性。

我愛上了這個主意，整個白天都在調校其中細節。

至於錢方面，二十萬美元不多，我已盤好，賣掉那六隻鑲鑽黃金錶是必然的。我平常戴的白金皮帶錶包括一隻別姬、一隻江詩丹頓、一隻IWC、另有細號鋼帶的勞力士和皮帶的鋼卡地亞派莎。黃金錶我連看都不想看，不賣掉就沒天理。

不足的錢，賣幾箱紅酒填夠。

命運已決定我要賣掉部份紅酒。有次我閒着無聊，跟着同事去台灣一家醫院做全身檢查，結果有脂肪肝的問題，因我曾患肝炎，醫生嚴厲警告說，要命就不要再喝酒。

不喝酒是辦不到的。我對自己說，以後只喝最好的紅酒。不過，想起還有七百瓶在英國，似乎太多。我到處居移不定，平常現買現喝，這麼多年來，存貨消耗率不高。我決定待我知道下一個工作是在什麼地方，就把三分之一的酒運過去，在當地建個酒窖。另外的三分之二，在英國拍賣掉，變回現金，小部份用來補足那二十萬美金的教育基金，剩下的供我繼續揮霍。

一切構想都接近完成，只剩執行。

九七年底，亞洲金融風暴，香港災情慘重。

我看到雪茄黎，九二年從奈及利亞撤退回香港，專心做股票和買賣樓房，九三、九四曾在地產上賺了，九五吐了出來，跟着在股票翻身，現在又歸零了。

我看到阿符，九四年一個宏觀調控，令他內傷，越傷越撐門面，到處吹噓，但沒有一次增資成功，一個蓋子十個鍋，現在大概要轉不過來了。

我看到黑豹，他有點份的集團，九五年成功的在香港借殼上市，股價一度炒起來，現在每股卻只值幾分錢，是高峰期的二十分之一。

或許他們這群人生命力特強，會東山再起，不過不是在九八，不是在九九，大概免不了要過一個黯淡多災的千禧年。

我狀況如常，沒有負債，銀行還有閒着的現金，我比許多富豪的淨產值更高。

可是在九八年，我只得暫留在台灣，等風暴過去。

我可能在同一點上留得太久，生了青苔。

九七年底台灣政府棄守匯價而令台幣狂瀉三成，馬董虧損了一筆錢。為了免結賬，關了兩家門面店。大家都在猜他能否熬得住，他卻好像若無其事，揮霍如常，生活依舊。只是到了四月中，他説去美國參加女兒的大學畢業禮，一去快三個月，還沒有回來，大夥才心裏悶着在猜疑。不過每個人照拿到薪資，幾家店還在運作，表面上看不出有問題。

我不是最喜歡這種不乾不淨的懸疑，但也沒有到一個必須當天立即行動的地步，每天還是一樣的過。這樣的生活，我過了快四年，不差再多幾天、幾周。

下午沒事，我會去其中一家旗艦店，主要是店裏訂了多份香港報紙。我去看報紙，是新的習慣。

有天我坐在馬董房間的沙發上看報，接待員帶了一個女人進房，並指着我說，這位是我們張總。

我第一眼就看那女人不順眼，臉似月球表面，打扮太濃還不能好看那種。

她第一句就問：你們馬董呢？

她已經知道公司幕後老闆是馬董。

我反問：小姐，有事嗎？

她說要開戶口。這種送上門開戶口的例子不多，一般都是我們的業務員靠人脈勾回來的。

我覺得可疑，說：我們店長姓范，今天不在，請你明天下午再來。

她竟說：跟你們這些香港老細談不是一樣嗎？

她漏了太多底，不可能是來開戶口，而是另有我猜不到的目的。

她咧笑着，一屁股坐在深深的沙發上，雙腳一蹺，讓我看到她的內褲。我竟有勃起的感覺，同時對她有說不出的厭惡。

我提聲說：請你出去，我們不做你的生意。

她瞟我一眼，說：張總好狠啊。

說罷，她收起笑容，把自己從沙發拔起來，不多看我一眼就走。接待員那個時候才端了茶進來，聽到我們的對話，嚇得不敢作聲。

我問接待員：那女人說要找誰？

接待員答：她說找董事長，我說董事長不在，她說找第二把手，我……

我指示她：以後不要隨便帶人進來。

你們大致猜到是什麼回事了吧。幾天後，即回歸一周年那天，我跟朋友像平常一樣吃了晚飯，大夥要去紅酒吧，我以不能喝酒為理由，獨自先回家。我已約了一個經常應我召的妹妹，在家門口等我。

我家所在那條巷子，正在修路，我在巷口下車，步行回家，遠遠已看到妹妹躲在大廈閘門外燈柱的後面。我遲到了。

我心想：這妹妹蠻乖。

突然有兩個人分別坐腳踏車從左右越過我，在我面前拐停，其中一個戴頭盔的人向我的左腿開了一槍，我整個人往前跪下，另一人也拔了槍，但他差點把槍拋了，延遲了一剎才開槍，也是朝我下盤，可是我正跪倒，子彈從上而下剛好斜斜的射進我胸下某處，穿過身體卻在腰間射出。我彈後仰倒在地。

兩人隨即踏車而逃。

妹妹過了一陣子才走近我，驚叫了一聲，就奔逃走。

我心裏暗罵一句：婊子。

我躺在街上流血，竟沒人理會。胸脯中槍的滋味，跟小時候午睡醒來心口悶痛差不多，只添了中暑後的發冷。

那妹妹還算有良心，她可能是跑遠了才打電話報警。不久，一輛警車慢駛到巷口，兩警帶着手電筒巡過來，看到真的有人中槍，馬上叫後援。

我心在說，把耳朵靠到我的唇邊，我就可以告訴你，是那個月亮臉的女人，是她點了我的相，不是主謀也必是同謀，是她那夥人殺我的。動機？殺第二把手，以警告第一把手，這是原始沼澤黑人和五千年文明中國黑人物都懂的把戲，知道嗎？你們這些笨警察。

我真的是無辜。馬董炒外匯的世界根本與我不相干。我本來早就要離開台灣，過和你們不相干的生活。我跟台灣黑道是互不存在的，幹嘛現在硬把我的命運跟你們的綁在一起？

月亮臉的女人，我不是你的同類，我不想玩你那套遊戲，我們不是活在同一世界裏的，你幹嘛偏要鎖定殺我，破壞我的離場策略？

兩位殺手兄弟，你們沒想到這兩槍，把一位天才兒童到美國升學的希望工程破壞了吧。

救護車到的時候，我已經饒恕他們。我在想那個主意和兩件瑣事。

現在，誰知道我要成立教育基金給沈英潔（我一生最喜歡的女人）的兒子沈張？本來是一段文明、又有創意的傳奇，就這樣破滅了。

我若是死了，剩下七百瓶最好的波爾多和拔根地，會因為沒人付倉租，最後慢慢的給拍賣掉。如果幸運地知道是我的遺產，才可能分給我的半個妹妹寶怡，一個我不討厭的女人。我希望終有一天兩條線會交叉，暫時，寶怡與倉庫互不知道對方的存在。我努力在想，有什麼線可以令他們交叉上。

至於那六隻我從未載過的鑲鑽黃金錶，當有人打開我的保險箱看到的時候，將是對我一生品味蓋棺定論的誤解。

這兩槍破壞了我一生的安排，就是乾淨來、乾淨去，無牽無掛。我的心變得很煩、很急。

如果此刻死，其不清靜。原來一生就為了最後好死，不然這麼瀟灑幹嘛？倒不如跟普通人一樣，到處留情，俗事未了一大堆，沒有一件放得下，最後還惹來男男女女哭哭啼啼。

人家做出家人，沒有財富、情感、享受，沒有心事未了，就為了求清靜。我本來享樂一生，不須出家也做得到。可是為了一個不錯主意和兩件瑣事，我死不清靜。

只要給我回香港兩三天，就可以把事情處理掉，到時候再死，心無牽掛。不過，以前的托圖一定會爭取說最後一句話：太極，你不知道嗎？沒有一件事是可以依計劃完成的。

一九九八年七月一日，香港回歸中國一週年，放假一天，什麼都沒有發生。在另一世界裏，我為我這樣一個人寫下句號。

第三部曲

金都茶餐廳

金都茶餐廳，英文叫Can Do，正門向美麗都大廈橫門，後門傍仙樂都夜總會（最近一直內部裝修暫停營業），左邊維多利亞時鐘酒店（前伊頓英文補習夜校），右轉角馬會（前皇家賽馬會）場外投注站，拐個彎係重慶森林，行兩步到匯豐銀行，交通四通八達，旺丁旺財，與時並進，大大話話好景幾十年，如無意外，樣樣順風順水，老板阿杜過幾年大可以返東莞鄉下買幢西班牙式洋樓，養隻番狗，（如果發展商唔爛尾），屋前小型人工湖，屋後迷你十八洞高球場，左鄰勞工子弟出身香港現任高官個阿媽，右里來歷不明樟木頭新發財位阿二，行行企企嘆世界聽譚詠麟李克勤鋤大弟食野味睇無綫拍蚊過世。

老板阿杜認客、好好口：我兩次叫招牌三寶飯，第三次阿杜見到我第一時間主動講：招牌三寶飯？第四次：招牌三寶？第五次：招牌？我如是餐餐招牌飯。

金都招牌三寶飯：叉燒、燒肉、燒鴨加半邊鹹蛋，送熱檸蜜，賣三十六文。

我叫阿杜做Ado，心個句係Much Ado，皆因Ado成日走來走去，坐唔定，好似好忙招呼客，好似好緊湊，其實都係伙記接住做。

Ado口水多，冇定力，你講東，佢講東，你講西，佢接住講西，完全忘記東。

Ado好鋤弟，經常無故大叫三聲：發錢寒、發錢寒、我發錢寒呀！

Ado近日研究玄學，開口埋口食幾多、着幾多，三衰六旺，命中注定，扯天扯地，口水多過茶。

金都有兩樣好處：

一唔趕客；

二燒味確係正。

其他垃垃雜雜菜式我未有機會試。

唯一礙眼係個紋身黃毛，披住白色伙記制服、打突個胸，霸住客位大模斯樣噴煙打遊戲機，有違觀瞻。

大抵，金都實惠有餘，情調不足，可以接受。我唯有自作多情，開始認定櫃枱收銀個阿姐其實對我有好感。

櫃枱收銀個阿姐，屬死做冇聲型，低頭唔望人，連Ado都唔望多眼，成日面黑黑，冇表情，樣貌普通過普通，好難記住，真係難為我要搞情調。

我每次到櫃枱埋單，阿姐睇都唔睇我，就話：「三十六文」。

有次我熱檸蜜改凍檸蜜，加五毫。

阿姐睇都唔睇，就話：

「三十六文——五毫」。

幾乎報錯數。

我乘機問：「小姐，你貴姓？」好有呂奇風度。

阿姐睇都唔睇我，就話：「我收銀！」

「阿銀姐！」

阿銀依然睇都唔睇我，面黑黑，冇表情。

從此後我全情投入畀阿銀，晚晚茶餘飯後無起聊來，用我殺死人眼神威脅阿銀。我到櫃枱埋單，就好好口，銀姐前、銀姐後。阿銀面黑黑，冇表情，睇都唔睇我。

我注意到，阿銀唯一同熟客白頭莫點頭，間中有笑容。

Ado老婆間中有落來金都，阿銀或數錢，或借故行開去廁所，總之動作多多，我肯定阿銀一定同Ado有某種特殊關係。Ado老婆黃口黃面，所謂雖無過、面目可。Ado見老婆，即低頭收聲。Ado、Ado老婆、阿銀，三個都面黑黑，冇表情，好明顯心有鬼。

阿銀同Ado老婆會唔會突然當眾互摑？

更刺激係：阿銀會唔會向Ado投訴我，Ado會唔會叫紋身黃毛打我？

我就反問Ado同紋身黃毛一句：「我叫聲銀姐，有冇得罪你先？」

如果阿銀投訴，最多以後唔去金都，可惜係可惜——不過如果阿銀唔投訴，就表示唔討厭我眼神，暗底係接受我。我靠雙眼食餬。我爸係肥白英國鬼，我媽瘦矮廣東人，我體型似我媽，膚色似發毛朱古力，似係我媽同尼泊爾籍倨喀僱佣兵生，可以想像我從細到大，有幾困擾，好在我雙眼，深而眼球偏藍，係原汁原味英國鬼眼，一睇我樣知係鹹蝦燦。

我爸成世做公務員，跟工務局，成日講屎渠污水渠，講到屎渠污水渠好偉大，好似係英國佬大發慈悲賜畀香港，我恨不得一拳打過去。不過近排淘大花園出沙士渠，我發覺隱性基建都幾重要。

我爸八四年返過英國一次，從此唔提返祖家。幾個月後退休，話走就走，肯定冇返祖家，聽講跑去羅德西亞。

之後我媽臨老改嫁相識幾十年尼泊爾籍倨喀兵，其實係個軍官，九七前憑特殊身份，終於一償所願，移民去到英國本土，住曼徹斯特城郊，同南亞移民做街坊。我已經三十幾歲人，自願做九七後滯港英裔，拒絕認新老爸，憑我雙眼，堅信我有部份白鬼血統。

我九龍何文田英皇佐治五世學堂讀完O Level，廣東話，識聽又識講，不知幾流利，中文就盲字唔識個。我教過伊頓英文補習夜校，踢過甲組流浪隊預備組，入過英文小報《星報》做記者，玩過輔警（因行為不檢被趕），搞過私家偵探社，撈過搵工跳槽獵頭公司，做過律師行師爺專寫地契（因行為不檢坐刑事），賣過人壽保險，九七前兩年改行做賣樓經紀，魚翅撈飯，同損友開過桌球室，又見北姑源源不絕，搞過包廂卡拉OK夜總會，有恁耐風流、有恁耐折墮，金融風暴加個董建華，蝕到入肉，發誓絕不再做小股東，皆因人多意見多。好彩錢做生意蝕清，所以冇買樓，冇變負資產，輕輕鬆鬆出返來打工，憑我豐富玩車經驗，幫車行賣新車，不過好失禮，今次係賣東亞某新興工業國低價車。

我玩過二手迷你谷巴、二手開蓬Triumph、二手Celica，二手Corvette

Stingray，二手寶馬325i，最好景玩到陳年殘廢積架E。

我高中就拖住條曲棍球棍，去蒲飛路體育館掃香港大學女生。

我眼神殺死過唔少無知少女。

試過連續幾年有運行，傍到老細，上遊艇，揀落選港姐。

吳君如，你如果要開拍金雞前傳後傳，記得請我做顧問，我教你唱：

不要金、不要銀、只要一條棍。

我都風流快活過。

最近加汽車稅，低價車亦受牽連，無故故，冇得Do，我為香港失業統計數字正增長作出貢獻。

我本來晚晚放工去覺士道草地滾球會，餐餐印度咖哩雞飯，然後成晚流流長坐酒吧同幾個滯港英國老鬼飲悶酒，我爸係「鬼佬碌野」會員，一直冇辦退會手續，我用我爸名簽單，每月畀五百文基本月費，慳返大筆入會費，認真超值，最近中產變無產，人窮志短，唯有同個會話自己要出國，暫停會籍。

起初餐餐係屋企食公仔麵，有晚對住碗麵，吞唔落，一個人，公仔麵當晚餐，我好難接受，於是落街行，一屁股坐入金都，從此餐餐一碟招牌飯一杯檸蜜坐成晚。

是日也，Ado返東莞鄉下，阿銀低頭數銀死做冇聲，我心情靚，翻開餐單，竟然全部有中英對照。金都真係好誇張，要個樣有個樣：

燒味系列、粥粉麵系列、碟頭飯系列、煲仔系列、煲湯系列、炒菜系列、沙薑雞系列、腸粉系列、潮州打冷系列、公仔麵系列、糖水系列、越南湯粉系列、日式拉麵系列、星馬印椰汁咖哩系列、意粉通粉系列；

俄羅斯系列——牛肉絲飯、雞皇飯、羅宋湯；

西餐系列——炸雞髀、焗豬排飯、葡國雞飯、忌廉湯、水果沙律；

西點系列——菠蘿油蛋撻法蘭西多腸蛋薯條漢堡熱狗三文治奶茶咖啡鴛鴦；

廚師誠意推薦新菜系列——泰式豬頸肉、美利堅童子雞、秘製金銀蛋鹹魚比薩。

全球化在我金都，金都廚房真Can Do。換句話講，簡直畸型，七國佬亂，壞腦，發神經。我寫個服字。

不過餐單上英文算翻得似模似樣，間中走火入魔，牛肉絲飯叫Beef Stroganoff，羊腩煲叫Mutton Goulash，西多叫Toast A La Française。問你服未？最出位係雲吞唔叫Wonton，叫Chinese Ravioli。

我側覺白頭莫、紋身黃毛、熟客秦老爺，幾對眼一齊望我。

我自我練習：「喂阿白頭莫呀白頭莫，我叫聲銀姐，有冇得罪你先？」

白頭莫竟然施施然行過來。想警告我？打交？

我盤算如何奪門而出。

白頭莫遞過一張影印紙，我唔望亦唔接：「我唔識中文。」

白頭莫：「金都茶餐廳救亡簽名運動。」

「你知道阿杜破產，金都要封鋪，你係熟客，想請你加入救亡委員會，你都唔想金都就此玩完。」

Ado破產？金都就此玩完？

我唔知，兼唔想知。

白頭莫話我知。

原來Ado用老婆女家錢同何秀雯全副積蓄——原來阿銀叫何秀雯，九四年分期買金都鋪面，隨後地產狂飆，Ado手痕，瞞住老婆同何秀雯再按街鋪去炒樓，玩到豪宅，身家坐直升機，Ado深信自己係超人，轉個身變超級負資產，幾年來全家三口大細老婆日捱夜捱，賣樓、停供樓，死守本業，但係做極唔夠供街鋪，怪唔得Ado老婆同阿銀何秀雯成日黑口黑面對住Ado。

白頭莫一邊講，我心掛掛：

「阿銀會唔會走？」

「就係玩完，枉我多日來單方面付出眼神，今次食白果。」

「我唔想返屋企食公仔麵。」

「我要晚晚望住阿銀！」

「我不能夠冇金都！」

「No Can Do！」

「董建華，還我金都！」

發覺阿銀遠遠睇住我同白頭莫。

白頭莫話：阿杜老婆同阿杜離婚保女家私產，阿杜申請破產，金都鋪位、餐牌都歸銀行沒收，封鋪在即。

隨即人齊開第一次熟客大會，先知道：

白頭莫係香港搞搞震運動老祖，後入基督教會女校教書。

白頭莫：「我教過何秀雯，係我以前學生。」

秦老爺，全名秦天賜，筆名王品、阿闊、蕭大班，花名白癡，專業係食腦賣橋，做電影宣傳、策劃，幾套經典三級片中文譯名，好似「蜜桃成熟時」、「滾紅滾綠滾到黑」、「住家菜」，都係出自秦老爺手，係對香港文化有貢獻之人。

紋身黃毛叫黃毛，原來係金都食神，草根烹飪奇才，首本戲燒味除外，最拿手抄襲世界各地美食，化貴為廉，改裝成香港口味，加點糖加點油，味道更好，反應快，人又識Do，伙記都聽黃毛，所以可以冇規矩霸住客位大模斯様噴煙打機冇王管。

白頭莫、秦老爺、黃毛之外，出席有：

史文泰醫生，街口開小兒科門市診所，大家跟黃毛叫史醫生做斯文大醫生。

一名西裝友，個樣好憂鬱，自我介紹姓梁，原來全名梁錦松，擁有澳門大學財經文憑，前新中港證券公司股票經紀，炒股失利，近兩年失業在家醫憂鬱症。

靚女露比，直銷拉客路霸，專攻信用卡、手機、長途飛線。

大華，獨家專利維多利亞（及之前仙樂都）代客泊車，油尖旺區民間武裝力量成員。

加上鬼佬——我。非常感謝各位確認我係鬼佬。

第一次會議有個大陸佬熟客，係城中某大學副教授，搞文學文化，廣東話識聽唔識講，第二次冇來，可能唔慣香港人開會粗口爛舌、冇文化。

白頭莫提議熟客靜坐抗議封鋪。

我唯有發揮師爺本色：「唔好衝動，萬事有商量。去同銀行講數。」

人人覺得我好有料到。

散會，秦老爺提議去唱K，黃毛大華舉腳贊成，個個想扣露比。

我施施然走到櫃枱，好好口：「走啦，銀姐。」

何秀雯遞上張卡片：「我間新鋪，得閒來幫襯。」

何秀雯同我講話？簡直受寵若驚。證明我眼神日子有功。

我答：「你要走，銀姐？」

「做埋今日！」

我突然被黃毛大華好熱情攬到實齊齊操出金都。

K場廁所，我睇卡片：

金雯小館 Jin Wen Eatery
港式私房菜 Hong Kong Home Cuisine
上海茂名南路 Mao Ming Road South, Shanghai

卡片背面有餐廳位置圖。

據白頭莫講：Ado老婆姓金，英文名叫Candy，三十年前打本Ado開金都，Ado唔聽話，Candy同何秀雯講和，兩個女人合作，甩Ado，金都變金雯，Can Do轉做Jin Wen，兩女齊齊去上海開港式食肆。

何秀雯要離開金都！阿銀要拋棄我！

第二次會，大家情緒比較低落，對前景相當悲觀，有人話：生意難做。

見唔到阿銀，我亦好失落，口講出個句竟然係：「有得做，如果茶餐廳都死，香港真係玩完。」

眾人覺得我英明神武、有特首風範。

全體一致通過支持黃毛同伙記頂金都。白頭莫話員工當家作主。

白頭莫推我做主席。

一世人第一次要做人阿頭，我死唔肯做，結果：

斯文大醫生眾望所歸當主席；

員工福利兼發言人：民運老祖白頭莫；

產品開發兼電腦維修：食神機聖黃毛；

形象宣傳：橋王秦老爺；

財政：失意炒家梁錦松；

秘書：專業代填表格女路霸露比小姐；

客戶及社團關係：大華及其武裝力量。

我，鬼佬，負責法律、物業及企業事務，去同銀行講數。

白頭莫大叫一聲：各盡所能！

路線方面，金都茶餐廳立場堅定，絕不走高檔，堅決發揚港式茶餐廳文化，誓死與人民站在一起，反對全球化和美式速食文化侵略，打破大財團大地產商壟斷——以上當然都係白頭莫講廢話。

黃毛其實就只係玩得起茶餐廳。

秦老爺提出口號：「金都，口感之都。」結果白癡之聲四起。

那批烏合之眾好興奮、好齊心，可能係因為好得閒——白頭莫學校放暑假；經濟唔好，梁錦松失業、病人寧願輪公立醫院唔睇私家醫生、電影減產秦老爺食穀種、滾友戒開房大華打賞自然削、消費弱路霸多過客露比喊得一句句。

大家約法三章：

齊齊出小小本錢，齊齊每個月分錢；

紋身黃毛，身為老板，唔准披住白色伙記制服，打突個胸，霸住客位大模斯樣噴煙打機——由鬼佬我提出，全體一致鼓掌通過；

准Ado返金都坐，幫人睇相講玄學。

我想冷靜一下，借故走先。行出茶餐廳門，我左度右度，越度越腳軟，自己曾經發誓絕不再做小股東，皆因人多意見多，何況搞餐飲，唔同搞遊行，外面風大雨大，好易玩完。

關係到我幾十歲人過唔過到下半世。我衰唔起。

我有兩個選擇：

剩雞碎吊命錢，賭一鋪買飛機票，去上海搵工兼追阿何秀雯，開闢新天地，Can唔Can Do？

剩雞碎吊命錢，賭黃毛一鋪，入金都做小股東，見步行步，摸着石頭過河，死馬當活馬醫，盲拳打死老師傅，天無絕人之路，船到橋頭自然直，男兒當自強，姊姊妹妹站起來，獅子山下，英雄本色，最佳拍檔，半斤八兩，東方不敗，風繼續吹，未可真係會鹹魚翻生？——正門向美麗都大廈橫門，後門傍仙樂都夜總會（最近一直內部裝修暫停營業），左邊維多利亞時鐘酒店（前伊頓英文補習夜校），右轉角馬會（前皇家賽馬會）場外投注站，拐個彎係重慶森林，行兩步到匯豐銀行，交通四通八達，旺丁旺財，與時並進。Do唔Do先？

二〇〇三年七月

後篇

被書掟中頭部的一天

今天，時間不確定，書掉在我頭上了。根據會章規定，被書掟中頭部，要立即匯報、備案、存檔，並赴指定的地點急救。章程上歐體語法、國粵語兼用的明文是「被書掟中」，似在指涉書的背後另有主體，譬如說另有一個掟書的人，可是這回卻是書掉在我頭上，書本身是主體，定義上能否夠得上我「被掟」，說不準，文法向來不是我的強項。或許是因為我的某些無意動作觸發了、甚至是因為長久以來我的慣性造作終於連鎖累積蝴蝶效應量變質變諸如此類，導至了居上位的書在某時某刻不得不往下砸中我頭，這樣說來，砸我者我，我還是成了掟書的主體，雖然以這次的實況，用「掟」字有點欠妥，還是用「掉」字或「砸」字比較恰當，不過，誰會去管用字是否恰當這種細節呢？事實是書砸在我頭上了，我的蛻變只是遲早的事。

我猶疑應不應該驚動衛書會的道友們。我不想給他們添麻煩，他們習慣像幽靈般隱居於市，除個別例外，大多不愛交叉互動，更不願引起注意，只有在彼此偶然照面時澀澀的打個招呼，像冬日裏的刺蝟，就算有心相偎取暖，卻更怕被刺傷而只得匆匆互閃。對不起，又用了「被」字。

自從H埠抗議填鴨教育的掟書三嘆風氣演變成反智的、帶攻擊性的掟你個頭運動（成日掛住睇書，等我揶本書掟醒你個死人頭！）之後，衛書會就應運而生，不過因為是刺蝟，我們的組織是鬆散的，我們的行動是被動的（又用「被」字），凡有會員被書掟中頭部，我們就記錄在案，然後數一數還有多少倖存者。至於傳說中免費的急救服務確是存在的，不過很多人記不起它的地點所在，據調查，被書掟中頭部的道友們，最初期的徵兆之一是忘記急救地點，急救成功的例子故此絕無僅有。

全人類都知道，被書砸中頭部的人從此不用看書也能快快活活的過日子。這給了掟你個頭運動一種正當性，被視為是有效的震撼療法，有人甚至認為以書掟人、助人戒書才算是好市民，遂上行下效，蔚然成風，結果是看書人口驟減。至於不願意接受社會改造、執迷不悟的看書份子，惟有放棄在地面活動，潛伏於能見度低的舊區陋廈。這樣一來，在公眾場所以書掟人頭部而確實命中看書份子的邊際回報越來越低，市民熱情不再，掟你個頭運動降溫，看書人口反而穩定下來，不過倖存者也漸漸老化，加上有好像我今天這樣的意外中招者，慢慢自然流失，走一個少一個。

就在看書人口萎縮到了某一個臨界點的時候，全城的看書份子同時發覺自己添了一項特異功能，一眼就可以在芸芸眾生中辨認出同道中人，就像二十世紀七十年代前的同性戀者，憑眼神便可以心照不宣找到同志，把異性戀者蒙在鼓裏。表面上，看書份子並沒有特徵——好吧，可能衣着寒酸了一點、樣子猥瑣了一點，不過這些只要花點心思是可以掩飾過去的。令人大惑不解的是，全城的看書份子忽然都能夠認出看書份子，雖然不知道對方在看什麼書、練什麼功，但卻可以肯定是在看書，然後在知道吾道不孤後，像受到神秘加持一樣，腦中植入了衛書會自動更新的完整版章程——我就是因為辨識到其他道友，加入了衛書會而一直處於亢奮狀態。

更奇妙的是，在看書的人越來越稀有的同時，倖存的看書份子的啃書胃口卻越來越好，而且每隔一陣子，就有一種生理反應，覺得自己能量又增大了，可以啃更多的書了。我發現自己每次能量升級的時刻，不久前一定有一個我知道的看書份子的頭部被書掟中。是不是他或她的看書能量給其他的看書份子攝取了呢？是通過什麼媒介把他或她的能量過給我們的呢？是倖存者大家平分，還是有別的不均衡分配模式？我尚未整理出其中的規律。我嘗跟一些道兄道姊討教過，有的跟我一樣在尋找答案，有的視之為隱私不願意分享，也有的罵我貪婪，好像我是在發死人財。誰都不能否認，每個看書份子幾乎都有過間歇性能量升級的經驗，而且往往是借助那些離我們而去的先行者。

我的看書胃量撐大後，書自然也越存越多。大家知道H埠寸金尺土，而且為了保密，我們一般躲在無窗的斗室裏，盡量縮小足跡，以書撈飯，秘密練功，準備長期抗戰。我們衛書會的道友當然都知道要保護自己的頭部，正如章程首頁上寫：書不及頭，天長地久。可是，我的空間實在太小，書也實在太多，它們一定是擠得不耐煩了，趁我不察覺的時候自己越攀越高，才會砸到我的頭。

現在，我要離開大家了。我讓我的頭被書砸到後，就只可能有一種結局，大家心裏明白，我是沒救的了，就算跟大家匯報、備案、存檔，然後去指定的地點急救，也只是盡人事而已，事實仍將是我要離開大家。被書掟中頭部的人要退出衛書會，這也是道上不成文的規定。我將重新做人，如痴呆症患者，記不得看過的書，從此跟大家形同陌路。我不和你們道別了，讓我悄悄的走，如果我的離開真的能夠給你們帶來能量，我將永遠與你們同在。

（這篇小說寫於二〇〇八年三月，為了紀念羅志華、青文書屋及香港已結業的獨立書店。）

原版後記

兩短篇，一中篇，二十五年。

唐番交雜的嬰兒潮世代，五十年代橫空出世，六十年代孵長，七十年代登場，擔大旗演義新香港大戲，時口沫橫飛，時語無倫次，翻跟斗，耍花槍，搞特效，打鑼打鼓，花樣挺多，好歹落個熱熱鬧鬧、生生猛猛，正飛揚得意，忽然日轉星移，台上招式用老，台下意興闌珊，戲尾巴說着拖着到今天，黯淡退場，沒多少掌聲，也該是另一檯戲開場的時候了。

感謝：牛津林道群，湊三拙作成集，賞《香港三部曲》之名；也斯，百忙中寫序，含信息量卻高，並讓一條線索的香港寫作不至失落。

（感謝：黃子平兄鉤玄提要的導讀。）

二〇〇四年

增訂版後記

戰後香港嬰兒潮三部曲，是有來由、有前身的。《夜宴驚歲記》原載於一九七四年四月香港大學的學生報，那是我大學畢業前最後的一個學期，大考在即，論文纏身，不知怎的還會想去寫屬於父母輩的南來寧波上海人的故事，準是多看了漂泊台灣的華語作家離散文學。

本沒有發心要撰寫奇幻寓言故事，沒想到二〇〇八年三月鬼使神差的寫了《被書掟中頭部的一天》，因為青文書屋羅志華的離奇死亡事件，因為香港的樓上書店永劫回歸輪迴於讀書人的中世紀，因為北上不歸而隱約有感舊時香港情懷終究或會花果飄零——在中國展示「盛世」新常態的那個元年。

前篇上世紀七四年的《夜宴驚歲記》，後篇本世紀〇八年的《被書掟中頭部的一天》，加上原來的兩短篇一中篇，前後至今三十多四十年，我的香港故事。

二〇一三年

陳冠中原籍寧波，上海出生，香港長大，曾住台北六年，現居北京。七六年創辦香港《號外》雜誌，並曾在九十年代中任《讀書》海外出版人。著有：

- 馬克思主義與文學批評
- 太陽膏的夢
- 總統的故事
- 甚麼都沒有發生
- 半唐番城市筆記
- 香港未完成的實驗
- 波希米亞中國 (合著)
- 香港三部曲
- 我這一代香港人
- 移動的邊界
- 事後：本土文化誌
- 城市九章
- 下一個十年：香港的光榮年代？
- 盛世 — 中國 2013 年
- 裸命
- 香港三部曲　增訂版

ISBN 978-0-19-399918-3
9 780193 999183

香港三部曲
增訂版